清代少數民族
文學家族詩集叢刊

第 二 輯

多洛肯　主編

薩玉衡文學家族詩集

【清】薩玉衡 等撰

多洛肯　李靜妍　買麗娜　點校

上海古籍出版社

西北民族大學2015年中央高校基本科研業務費項目（2015ZJ002）

國家社科基金重大項目(17ZDA262)階段性成果

西北少數民族文學研究中心研究成果

西北民族大學"雙一流"和特色發展引導專項資金資助項目
（1001070202）

國家社科基金2014年一般項目（14BZW156）階段性成果

整 理 前 言

一、清代少数民族文学家族研究概论

按照古人的说法,族是湊、聚的意思,同姓子孫,生相親愛,死相哀痛,時常聚會,所以叫族(參見班固《白虎通德論》卷八《宗族》)。家族以家庭爲基礎,指的是同一個男性祖先的子孫,即使已經分居、異財、各爨,形成了許多個體家庭,但是還世代相聚在一起,按照一定的規範,以血緣關係爲紐帶結合成爲一種特殊的社會組織形式。家族是組成古代中國國家機制的細胞,是傳統社會的基礎和支撑力量。

文學家族從魏晉時期开始出現,一直延續到近代,是中國古代文學史上的一種特殊的、極具研究意義的文學現象,是在師友聲氣、政治之外的另一種文學創作的共同體。文學世家的研究,已成爲文學界和史學界共同關注的熱點,成果蔚爲大觀。縱觀近百年來的研究成果,清代家族文化研究仍主要集中於江南地區與中原腹地的漢族高門大姓。代表作如潘光旦的《明清兩代嘉興的望族》,製作了嘉興91個望族的血係分圖、血緣網絡圖、世澤流衍圖,將嘉興一府七縣望族的血緣與姻親關係進行了系統梳理。吳仁安《明清時期上海地區的著姓望族》對上海地區300餘家著姓望族的世系及形成的歷史原因、發展演變及其社會影響等進行了考察。江慶柏《明清蘇南望族文化研究》分析蘇南望族與家族教育、科舉、藏書、文獻整理、文化活動等諸方面的關係。羅時進《地域·家族·文學——清代江南詩文研究》、淩郁之《蘇州文化世家與清代文學》、朱麗霞《清代松江府望族與

1

文學研究》分別以系統梳理與個案探析的方式，對蘇州、松江等江南地區的世家大族進行剖析。徐雁平《清代世家與文學傳承》則以重要問題研究與家族個案研究相結合的手法，探究清代漢族世家文學傳統的衍生、繼承與發揚。

而作爲中國歷史上第二個由少數民族建立的全國政權，清代統治者對八旗、對各地的回族、對南方地區的少數民族，採取了不少促進社會經濟發展的措施，爲民族地區儒學的傳播打下了一定基礎。清代少數民族文學家族是在各民族文化交融的背景下形成壯大的。漢文化尤其儒家文化與少數民族文化交融激蕩，少數民族文化對儒家文化的價值認同以及多民族文化的互攝交融，形成了我國多民族文化發展的格局。

清代少數民族文學家族作爲英賢家族群體，以其巨大的文學創造力和傳承力，用文字記錄行知，以文學方式展現社會風貌，其影響輻射範圍激蕩邊疆、聲聞中華。清代少數民族文學家族充分呈現出悠久的地域文化色彩，凸顯了濃郁新奇的民族特色。清代少數民族文學家族的研究意義，在於深度挖掘清代少數民族文學家族文學創作文本和生態環境的闡釋意義，層層深入清代少數民族文學家族存在方式和關照格局的背後價值。

近年來，少數民族文學家族开始進入研究者的考察視綫，成爲古代文學領域新的學術增長點，出現了一批研究清代少數民族文學家族的論文。如陳友康《古代少數民族的家族文學現象》論及白族趙氏、納西族桑氏兩個文學家族。李小鳳《回族文學家族述略》粗略梳理了明清時期的回族文學家族，並淺析了回族文學家族產生的原因。王德明《清代壯族文人文學家族的特點及其意義》、《論上林張氏家族的文學創作》兩文對清代壯族文學家族進行了一定的梳理與論析。多洛肯、安海燕《清代壯族文學家族及其詩文創作》對清代壯族文學家族中的作家、詩文作品進行全面考察，指出壯族家族文學在地域上分佈不平衡，並將其與同時代的滿族家族文學、蒙古八旗家族文學、雲貴少數民族家族文學（主要是白族、彝族、納西族）進行比較研究。米彥青《清代邊疆重臣和瑛家族的唐詩接受》與《清代中期蒙古族家族文學與文學家族》兩篇論文，對清代蒙古族文學家族尤其和瑛家族進行了較爲系統的考察和探析。全面考察八旗蒙古文學家族文學活動的論文有多洛肯的《清代八旗蒙古文學家族漢語文詩文創作述論》和《清代後期蒙古文學家族漢文詩文創作述論》。涉及滿族家族文學的僅有多洛肯、吳偉的《清後期滿族文學家族及其詩文創作初探》和《清代滿族文學家族文學創作叙略》，二文立足文獻，對清代後期 45 家和整個清代出現的 80 家文學家族進行了全面考察與評述。

我們要深入地考察梳理清代少數民族文學家族文學創作的基本情況，摸清現存詩文別集的存佚情況、流佈現況。清代少數民族文學家族的文學創作繁興突出的表徵是一門風雅。一門風雅反映出清代少數民族文學家族內部文人化的聚合狀態。清人詩文集浩如煙海，少數民族文學家族成員創作作品分散庋藏各地，有不少還是未經刊印的稿本、鈔本，有些刻本僅存孤本。對這筆文化遺產進行調查、摸底，爲防文獻散佚，必須將之進一步輯錄、整理。這些文學作品蘊涵著豐富的歷史文化信息，是我國古代文學重要組成部分。

據對現有相關文獻資料的調研摸底，清代滿族文學世家有 80 家，家族詩文家 270 人，存詩人數 238 人，別集總數 360 部，散佚 115 部；回族文學世家 14 家，家族詩文家 53 人，存詩人數 34 人，別集總數 91 部，散佚 25 部；蒙古族文學世家 10 家，家族詩文家 31 人，存詩人數 10 人，別集總數 44 部，散佚 5 部；壯族文學世家 11 家，家族詩文家 33 人，存詩人數 16 人，別集總數 28 部，散佚 18 部；白族 5 家，家族詩文家 18 人，存詩人數 18 人，別集總數 26 部，散佚 15 部；彝族 4 家，家族詩文家 14 人，存詩人數 11 人，別集總數 9 部，散佚 3 部；納西族 3 家，家族詩文家 11 人，存詩人數 11 人，別集總數 13 部，散佚 3 部；布依族 1 家，家族詩文家 3 人，存詩人數 3 人，別集總數 6 部，未散佚。摸清家底，爲深入考察清代少數民族文學家族文學創作狀況奠定了堅實的文獻基礎。編纂一部清代少數民族文學家族詩文總集,並做相應學術研究,這是一項重要的基礎工程。

二、薩氏文人生平及著述徵略

以薩玉衡爲代表的薩氏文學家族,爲回族文學的發展提供了大量優秀的文學作品,以其獨特而深厚的家族文學,爲清代文學錦上添花。清代薩玉衡文學家族由薩玉衡、薩大文、薩大年、薩察倫、薩樹堂、薩龍田六人構成,其中以薩玉衡爲核心,形成了一個由三代人構成的文學家族。

(一) 薩玉衡

薩玉衡(1758—1822)爲五大支的第三支十二世,據 1935 年薩鎮冰、薩嘉曦所修《雁門薩氏家譜》載:"薩玉衡,若三次男,字蕙如,號檀河,邑增生,乾隆丙午(1786)科第六名舉人,乙卯(1795)挑選一等分發陝西,歷任洵陽、三水、白水、榆林、米脂等縣知縣,綏德直隸州知州,榆林府知府,著有《白華樓詩鈔》《趙氏孟子章》《指復編》,敕授文林郎。清史文苑有傳。生乾隆戊寅年(1758)四月初九日,卒道光壬午年(1822)六月初七日。享壽六十五,葬大夫嶺。娶何恭人,生肇蕃。側王氏,生肇良、肇舉(出繼)、肇禧(出繼)、肇修、肇乾、肇昺(殤)。"①薩玉衡在陝西爲官時,白蓮教起義軍由陝入川,搶渡嘉陵江,總督坐失戰機,他被連坐論死,幸同鄉龔景瀚極力營救得免。陳壽祺《白華樓詩鈔》序載:"宰洵陽時,劇賊方薄城火攻,符節相望咫尺,不一矢援。薩子及其長子宗甫竭力守禦,相持七晝夜,賊竟去。已而四川總督某坐失機見法,薩子亦以賊過河論戍,蒙恩援贖乃免。"②

與大多數士子一樣,薩玉衡受儒家"修身齊家治國平天下"思想

---

① 薩鎮冰、薩嘉曦《雁門薩氏家譜》,北京圖書館藏家譜叢刊,北京:北京圖書館出版社,2000 年,第 564 頁。

② 陳壽祺《白華樓詩鈔》序。

的影響，早期縱情詩酒，著述頗豐。工詩，能自辟蹊徑，爲清代閩派詩人中"足以震揚一代"者。（民國）《閩侯縣志》卷七十一文苑（上）本傳載："玉衡患難歸，益縱懷詩酒，平生著述甚富，有《經史彙考訂正》（八卷）、《小檀弓》（十二卷）、《傅子補遺》（一卷），續成鄭荔鄉《五代詩話》、《全閩詩話》各二卷。先是遊溧陽撰《金淵客話》，宰洵陽撰《秦中記》《曲江雜録》。晚乃自定《白華樓詩鈔》六卷，將次第付梓，一旦俱厄於火，獨詩鈔四卷爲友人攜去得存。"[1]現存《白華樓詩鈔》四卷，光緒二十九年薩大年武城縣署刻本，其子薩大年校刊，前有陳壽祺序、林茂春題詞，後有朱慶祚跋，收古今體詩 266 首。《白華樓焚餘稿》，光緒二十九年初冬鑴於武城縣署，從曾孫薩承鈺校刊。薩承鈺《白華樓焚餘稿》識曰："從曾祖檀河公《白華樓詩鈔》外著述若種，一毀於火，茲若干篇皆灰燼之餘，所幸存焉者也。未及剞劂，燕坡、蘭臺兩從祖相繼殂謝，承鈺心良惻焉。宦海飄零，弗獲公餘爲之檢校付梓，尤用慚恧。近蒞武城，公私稍閑，輒命兒子嘉曦於從侄彤處鈔出發刊，都爲一卷，附諸白華樓原詩之後，顏曰'焚餘稿'，並爲記其崖略如此。"[2]收入古今體詩 51 首。與其侄薩龍光合注薩都剌《雁門集》。其詩題材豐富，體裁多樣，尤長於七律，其創作廣泛吸取前代文學精髓，特別自覺繼承杜甫詩，意在表達對杜甫精神的傳承。林昌彝在《射鷹樓詩話》評價曰："玉衡詩瑰瑋，沉博絶麗，如鸞翔鳳舞，月奏鈞天，幾欲跨其遠祖《雁門集》而上之。"

（二）薩大文

薩大文爲五大支的第三支十三世，據《雁門薩氏家譜》載："薩大文，輯如男，字肇舉，又字宗芮，號燕坡，道光庚子科（1840）舉人，揀選知縣，著有《荔影堂詩鈔》，卒十二月十七日，葬西關外二都科塢。娶

---

[1] （民國）歐陽英修、陳衍纂《閩侯縣誌》，閩侯縣地方誌編纂委員會，1995 年，第441 頁。

[2] 薩承鈺《白華樓焚餘稿》識。

郭孺人,繼劉孺人。男廷蔭。"①輯如即薩玉瑞,是薩大文出繼的父親,薩大文本是薩玉衡三子,薩大年的兄長,因薩玉瑞早逝無子,族中將薩玉衡兒子薩大文出繼給薩玉瑞爲子。出繼,又叫出祀、過繼,是在同一宗族內以契約文書或口頭承諾的形式接續另一近親中的男子爲子(多爲未成年幼子)。因此家譜中記載薩大文爲薩玉瑞之子。家譜載:"薩玉瑞,昇旭次子,字輯如,生乾隆丙申年(1776)六月初六日,卒乾隆癸丑年(1793)十月二十八日,享年十八。娶徐孺人,旌獎賢淑,載入《福建通志》,葬西關外橫頭山。男大文。"②

(三) 薩大年

薩大年亦爲五大支的第三支十三世,本爲薩玉衡五子,因其兄肇舉(即薩大文)、肇禧出繼,故爲薩玉衡三子,據《雁門薩氏家譜》載:"薩大年,檀河三子,字肇修,號蘭臺,道光丙午科(1846)舉人,庚戌科(1850)會魁,欽點內閣中書,國史館分校,陞侍讀,授建寧府學教,著有《荔影堂詩鈔》《白華樓詩鈔箋注》。娶鄭恭人,繼陳恭人,側鄭氏,男庭萱。"③

關於薩大文、薩大年兄弟生卒年,由於家譜未記載,且其他資料缺乏,只能大概推算。兩人爲一母同胞的兄弟,生年相近,卒年薩大年應在薩大文之前。薩玉衡本七子,肇蕃、肇良、肇舉(薩大文)、肇禧、肇修(薩大年)、肇乾、肇昺。家譜載:"薩肇良,檀河次子,生嘉慶辛酉年(1801)十一月念八日,卒道光壬午年(1822)六月十二日,得年二十二,祔葬大夫嶺。娶彭孺人,生寶,出繼,男聿浦。"④薩大文兄生於 1801 年,故薩大文、薩大年生年在 1801 年之後,又薩玉衡卒於

---

① 薩鎮冰、薩嘉曦《雁門薩氏家譜》,北京圖書館藏家譜叢刊,北京:北京圖書館出版社,2000 年,第 568 頁。
② 同上。
③ 同上,第 566 頁。
④ 同上,第 565 頁。

1822 年,故二人生年不晚於 1822 年。又薩大年爲道光庚戌科進士,即 1850 年,因此二人卒年在 1850 年之後。薩大文《荔影堂詩鈔》卷下還有《哭希亭侄》詩,其中有句"名雖叔侄年相若"①,即薩大文與希亭年紀相仿。薩大年《荔影堂詩鈔》卷二亦有《哭希亭侄》詩。希亭即薩維瀚,據家譜載:"薩維瀚,肇涵長子,字聿汀,號希亭,道光辛卯科舉人,咸豐癸丑科進士,分發河南即用知縣,授伊陽縣知縣。生嘉慶庚午年二月念六日,卒咸豐乙卯年十二月初八日,享年四十六歲。"②希亭生年爲嘉慶庚午年即 1810 年,卒年咸豐乙卯年即 1855 年,可推斷,二人生年在 1810 年左右,卒年在 1855 年之後。又薩大文《荔影堂詩鈔》有《哭蘭臺》詩:"杪春僕馬到家園,臥病無能倒綠樽。常恨遠遊稀共被,翻因永訣促歸轅。閨中莫慰三從願,地下難安二老魂。同氣七人惟我在,白頭心事與誰論。"③可知薩大文卒年更晚。

薩大文與薩大年各有《荔影堂詩鈔》兩卷,蓋因舊居有荔影書屋而得名,薩大文《竹燈檠》詩有云:"憶昔兒時最有情,兄弟數人同一檠。丹荔影中置吟榻,宵深猶聽讀書聲",並自注"余所居舊有荔影書屋"。④ 兄弟二人集子名稱相同,不難看出他們深厚的感情。薩承鈺《荔影堂詩鈔》跋云:"從曾祖檀河公有子七人,世其學者,惟燕坡、蘭臺兩從祖。燕坡公性淡仕進,道光庚子舉孝廉,後再上公車,即閉門課徒,暇則益肆力於詩。蘭臺公尤耽吟詠,庚戌通籍以還,與都下諸公不時唱和。惜稿本散佚,僅存《荔影堂詩鈔》百數十首,皆堂侄彤所裒集而手訂者。"⑤1937 年薩君陸將二集合爲一集作了箋注,名曰《荔影堂詩鈔甲乙集箋注》,其中薩大文爲甲集,薩大年爲乙集。

---

① 薩大文《荔影堂詩鈔》卷下。
② 薩鎮冰、薩嘉曦《雁門薩氏家譜》,北京圖書館藏家譜叢刊,北京:北京圖書館出版社,2000 年,第 571 頁。
③ 薩大文《荔影堂詩鈔》卷下。
④ 薩大文《荔影堂詩鈔》卷上。
⑤ 薩承鈺《荔影堂詩鈔》跋。

本書選用光緒間刻本,其中薩大文《荔影堂詩鈔》上下兩卷,共143 首詩;薩大年《荔影堂詩鈔》兩卷,共 106 首詩。集子前面均有薩嘉徵所作著者小傳,"燕坡公,諱大文,字肇舉,中式道光庚子科舉人,揀選知縣。博學能文,從學者歲常百十人,咸同間,名輩多出其門。著有《荔影堂詩鈔》兩卷,先君子刊而傳世。公與蘭臺公爲胞兄弟,詩名並著,至今猶爲美談云。""蘭臺公,諱大年,號肇脩,道光丙午科舉人,庚戌科會魁,欽點内閣中書,國史館分校,陞侍讀。殫洽經史,手不釋卷,著有《荔影堂詩鈔》《白華樓詩鈔箋注》。蓻溪先生稱其旁搜博采,繁簡適中,之與惠完宇孫星槎諸家相頡頏頏,其價值可知矣。"

(四)薩察倫

薩察倫(1770—1829)爲第一支四房十三世,據《雁門薩氏家譜》載:"啓盛子,榜名虎拜,字肇文,號珠士,福州府學廪生,嘉慶甲子科(1804)舉人,丁丑大挑一等,分發雲南知縣加三級,誥授奉直大夫,所著有《珠光集》四卷。生乾隆庚寅年(1770)十一月十四日,卒道光己丑年(1829)五月念五日,享壽六十。娶劉孺人,誥封宜人,生乾隆戊子年(1768)十二月初五日,卒嘉慶丁丑年(1817)四月十七日,享年壽五十。繼杜孺人(按:薩大滋《五十初度漫成四首》其一自注"予幼失怙,母林太宜人課讀時,常以大王父官高密時政績勗令記誦"),誥封宜人,生大滋。側蔡氏。"[1]楊慶琛《珠光集》原序云"珠士挑取滇南縣令,以道遠不果赴"[2],薩察倫並未去雲南做官。

今天看到的《珠光集》是薩君陸箋注的本子,1938 年稿本暨刻本,國家圖書館藏。《珠光集》經多次校刊,薩嘉曦宣統二年已將存世的薩氏文集整理刊刻,時隔二十餘年,到 1938 年薩君陸對《珠光集》進行箋注,薩君陸《珠光集箋注》序云:"君陸旅居舊都,昨歲展讀家

---

① 薩鎮冰、薩嘉曦《雁門薩氏家譜》,北京圖書館藏家譜叢刊,北京:北京圖書館出版社,2000 年,第 446 頁。
② 楊慶琛《珠光集》原序。

譜,知有是集,向寄農叔(按:薩嘉曦)函詢,蒙贈一册,循誦數編,欣忭奚似。爰照箋注《雁門》《白華》諸集(就所知者)例,依條設注。歷三閲月,粗具大概。"①《珠光集箋注》凡五卷,按體裁分類,卷一五言古詩,卷二七言古詩,卷三五言律詩、五言排律、五言絶句,卷四七言律詩,卷五七言絶句,"以鄉先生題辭作爲别録,以鄉先生倡酬諸什作爲倡和録,蓋欲前後體例相同故也"②,共計251首。

(五)薩樹堂

薩樹堂(1818—1856)亦爲第一支四房十四世,薩察倫子,據《雁門薩氏家譜》載:"薩大滋,肇文子,原名韋寶,字聿敬,號佑之,又號樹堂,郡增生,有《望雲精舍詩草》。生嘉慶戊寅年(1818)十一月念七日,卒咸豐丙辰年(1856)五月十一日,享年三十九,葬北關外丞相坑。娶梁孺人,生嘉慶庚辰年(1820)七月初十,卒道光丙申年(1836)正月念四日。繼鄭孺人,生嘉慶庚辰年(1820)十月初八日,卒道光戊戌年(1838)三月初六日。繼祝孺人,生道光壬午年(1822)十二月十九日,卒同治乙巳年(1869)十一月念四日。生祖型、祖堃、祖同,祖聲出繼。"③

《望雲精舍詩鈔》,宣統庚戌年鐫蒔花吟館藏板,族孫嘉榘校刊,國家圖書館藏,前有林壽圖題詞《贈薩樹堂》《悼樹堂》,楊浚《感賦一律以歸之》,共計91首。因其家境貧寒,仕途失意,有不少抒發個人命運不幸的作品;其詠史詩則愛恨分明,頗有正義感;不少作品爲贈酬唱和之作,還有一些摹景狀物之作。

(六)薩龍田

據《雁門薩氏家譜》記載,薩氏傳至第九世分爲五大支,其中薩龍

---

① 薩君陸《珠光集箋注》序。
② 同上。
③ 薩鎮冰、薩嘉曦《雁門薩氏家譜》,北京圖書館藏家譜叢刊,北京:北京圖書館出版社,2000年,第472頁。

田爲第一支次房十三世,家譜載:"薩龍田,啓哲男,字肇珊,號燕南,邑庠生,道光辛卯科(1831)舉人,揀選知縣,著有《湘南吟草》一卷,卒於道光年十二月念三日。葬北關外裏馬鞍西營尾土名網笔山。娶陳宜人,生玉成。繼林宜人,旌獎節孝,載入《福建通志》閩縣烈女志,合葬網笔山,生廷傑,廷蔭出繼。"①

家譜中薩龍田生卒年並未詳細記載,據相關資料可以推斷薩龍田生年在1797年之前,卒年在1840—1850年之間。《雁門薩氏家譜》記載薩龍田父親薩元濤卒於嘉慶辛未年八月初五日,也就是1811年,也就是說薩龍田肯定早於1811年出生,況且他還有個弟弟。"薩元濤,乘槎四子,字啓哲,號景山,乾隆己酉科(1789)舉人,晉江縣學教諭,生乾隆丁巳年(1737)九月初三日,卒嘉慶辛未年(1811)八月初五日。享壽七十五歲,葬西關外橫頭山。娶陳孺人。繼卓孺人,男龍田。側林氏,生秉綰。"②

又其《湘南吟草》中有《舟抵浦城寄懷梅序五弟》詩,梅序即薩春光,《雁門薩氏家譜》記載薩春光爲五大支第二支,"薩春光,啓揚三子,字肇賓,號梅序,行五,國學生,候選同知。誥贈通議大夫,覃恩正三品,封典知府,衡山東候補直隸州武城縣知縣加三級。生嘉慶丁巳年(1797年)八月初八日,卒光緒辛巳年(1881)二月十一日,享壽八十有五。葬北關外丞相坑。娶施氏,誥封恭人,誥贈淑人,生嘉慶丁巳年(1797)十一月念四日,卒道光丁未年(1847)八月初五日,享壽五十一,生克莊、克忠。側馮氏。"③薩春光生於1797年,因此作爲兄長的薩龍田肯定早於1797年。

據家譜家族記載,薩龍田次子"薩廷傑,燕南次子,字聿俊,號希

---

①　薩鎮冰、薩嘉曦《雁門薩氏家譜》,北京圖書館藏家譜叢刊,北京:北京圖書館出版社,2000年,第350頁。

②　同上。

③　同上,第491頁。

竹,五品銜候選知縣,生道光庚子年(1840)七月十五日,卒光緒甲午年
(1894)八月十四日,享壽五十五歲,葬北關外裏馬鞍土名網筆山。娶鄭
恭人,生懷祖;倪恭人,生懷澄,兼祧廷蔭公。"①薩廷傑生於 1840 年,故
薩龍田卒年不早於 1840 年。又家譜記載其卒於道光間,道光時間段
爲 1821 年至 1850 年,因此薩龍田卒年在 1840—1850 年之間。

《湘南吟草》,清宣統二年福州薩氏刻本,國家圖書館藏。薩嘉曦
《湘南吟草》跋曰:"比奉諱家居,搜刊先集於從祖子穀公遺篋中,得從
曾祖燕南公《湘南吟草》一卷,詳爲檢校。"②遂《湘南吟草》與《白華》
《荔影》《珠光》諸集並傳於世"。跋中提到"公於道光間,曾館於聞雨
山房者五載,先伯祖暨先大夫均受業門下。"③薩龍田曾作爲賓師教授
族中子弟,"則公之期望於先大夫者甚殷,幸而伯父先大夫皆不負所
學"。④ 其遺留作品中有《聞雨山房感舊雜詠》,云:"寂寂山房聞夜雨,
與君消受滿庭香",跋語則云"以志生平不忘其時"。⑤ 薩龍田爲楊雪
椒先生所推重,受楊雪椒聘而到蕪湖爲官,後二人"同往湖南遨遊於
洞庭、衡嶽之間,故名其集曰《湘南吟草》。"⑥可惜《湘南吟草》流傳於
世者僅三十首。

三、關於薩氏文人著作記録情況

(一)關於薩玉衡記録

《清人別集總目》記録:薩玉衡,字檀河,閩縣人。乾隆五十一年

①　薩鎮冰、薩嘉曦《雁門薩氏家譜》,北京圖書館藏家譜叢刊,北京:北京圖書館出版
社,2000 年,第 383 頁。
②　薩嘉曦《湘南吟草》跋。
③　同上。
④　同上。
⑤　同上。
⑥　同上。

舉人,官洵陽知縣,清史列傳 72。《白華樓詩鈔二卷》,清刻本,中科院。《白華樓詩鈔四卷》,嘉慶十七年閩中陳壽祺刻本,閩圖;宣統元年薩嘉曦重刻本,福建師大。《白華樓詩鈔四卷附焚餘草一卷附錄一卷》光緒二十九年薩承鈺武城官舍重刻本,北圖、南圖、閩圖、中科院、福建師大。《白華樓詩鈔箋注五卷》薩大年箋注,光緒二十七年薩嘉曦鈔本,閩圖。《白華樓詩鈔箋注增補八卷》稿本,北圖。

《清人詩文集總目提要》記錄:《白華樓詩鈔五卷遺文一卷》所撰詩原有六卷,毀於火,存詩二百六六首,編爲《白華樓詩鈔》四卷,陳壽祺序,嘉慶十八年刻,國圖、山西大學圖書館。後輯爲《白華樓詩鈔》四卷、《焚餘稿》一卷,光緒二十九年其子大年武城縣署刻,國圖、南圖。大年箋注其集,編爲《白華樓詩鈔》五卷、《遺文》一卷,薩君陸增補,光緒二十七年薩嘉曦鈔本,閩圖。又有民國二十六年稿本,國圖。

《中國古籍總目》記錄:《白華樓詩鈔四卷》,嘉慶十八年刻本,國圖、首都、山西大學、閩圖;宣統元年薩嘉曦重刻本,福建師大。《白華樓詩鈔箋注五卷》,薩大年箋注,光緒二十七年薩嘉曦鈔本,閩圖。《白華樓詩鈔四卷附焚餘稿一卷》,光緒二十九年薩大年武城縣署刻,閩中薩氏家集本,國圖、首都、南圖、中科院、遼寧。《白華樓詩鈔箋注五卷遺文一卷》,薩大年箋注,薩君陸增補,民國二十六年稿本,國圖。

(二) 關於薩大文記錄

《清人別集總目》記錄:薩大文,號燕坡,侯官人,道光二十年舉人。《荔影堂詩鈔二卷》,光緒刻本,北圖。《荔影堂詩鈔四卷》,光緒三十一年侯官薩氏刻本,閩圖、中科院、福建師大。《荔影堂詩鈔甲乙集箋注四卷》薩君陸箋注,民國二十六年稿本,北圖。

《清人詩文集總目提要》記錄:薩大文,字燕坡,侯官人,道光二十年舉人。《荔影堂詩鈔》二卷,光緒二十九年武城縣署刻,國圖。

《中國古籍總目》記錄:薩大文,《荔影堂詩鈔二卷》,光緒三十年薩嘉曦武城縣署刻本,國圖、中科院。

（三）關於薩大年記錄

《清人別集總目》記錄：薩大年，字蘭臺，侯官人，道光三十年進士。《荔影堂詩鈔二卷》光緒三十一年刻本，國圖、閩圖、中科院、福建師大。

《清人詩文集總目提要》記錄：薩大年，字蘭臺，侯官人，道光三十年進士。《荔影堂詩鈔》二卷，光緒二十九年武城縣署刻，國圖。

《中國古籍總目》記錄：薩大年《荔影堂詩鈔》二卷，光緒三十一年薩嘉曦武城縣署刻本，國圖、中科院、上海、南圖。

（四）關於薩察倫記錄

《清人別集總目》記錄：薩察倫，字珠士，侯官人，嘉慶二十二年進士，選滇南縣令，以病未赴。《珠光集四卷》宣統二年福州薩氏一硯齋刻本，北圖、南圖、魯圖、閩圖、福建師大。

《清人詩文集總目提要》記錄：薩察倫，字肇文，號珠士，榜名虎拜，侯官人，嘉慶九年舉人。《珠光集》四卷，宣統二年福州一硯齋刻，國圖、山東省圖書圖。《珠光集箋注》五卷，薩君陸箋注，民國二十七年稿本，國圖。

《中國古籍總目》記錄：薩察倫《珠光集四卷》，宣統二年福州一硯齋刻本，國圖、山東省圖書圖。

（五）關於薩樹堂記錄

《清人別集總目》記錄：薩大滋，侯官人。《望雲精舍詩鈔一卷》，宣統二年蒔花吟館刻本，北圖。《望雲精舍詩草箋注二卷》薩君陸箋注，民國二十七年稿本，北圖。

《清人詩文集總目提要》記錄：薩大滋《望雲精舍詩鈔》一卷，宣統二年蒔花吟館刻本，國圖。《望雲精舍詩草箋注》二卷，薩君陸箋注，民國二十七年稿本，國圖。

《中國古籍總目》記錄：薩大滋《望雲精舍詩鈷一卷》，宣統二年蒔花吟館刻本，國圖。《望雲精舍詩草箋注二卷》，薩君陸箋注，民國二十七年稿本,國圖。

(六)關於薩龍田記録

《清人別集總目》記録:薩龍田,字燕南,福州人,道光咸豐間人。《湘南吟草》宣統二年福州薩氏刻本,北圖、閩圖、福建師大。

《清人詩文集總目提要》記録:薩龍田,字燕南,侯官人。《湘南吟草》一卷,宣統二年福州薩氏刻,國圖。

《中國古籍總目》記録:薩龍田《湘南吟草一卷》,清宣統二年福州薩氏刻本,國圖。

四、點校版本説明

此次點校以家族爲整體,概收清代回族薩玉衡家族成員六人的七部詩集作品。通過比較分析,本書選用以下版本:1. 薩玉衡《白華樓詩鈔》四卷,光緒二十九年薩大年武城縣署刻本,國家圖書館藏;2. 薩玉衡《白華樓焚餘稿》一卷,光緒二十九年武城縣署刻本,國家圖書館藏;3. 薩大文《荔影堂詩鈔》二卷,清光緒間刻本,國家圖書館藏;4. 薩大年《荔影堂詩鈔》二卷,清光緒間刻本,國家圖書館藏;5. 薩察倫《珠光集箋注》五卷,薩君陸箋注,民國二十七年稿本暨刻本,國家圖書館藏;6. 薩樹堂《望雲精舍詩鈔》一卷,宣統二年蒔花吟館刻本,國家圖書館藏;7. 薩龍田《湘南吟草》一卷,清宣統二年福州薩氏刻本,國家圖書館藏。

目　　録

白華樓詩鈔

白華樓焚餘稿

荔影堂詩鈔

目　録

11

荔影堂詩鈔

珠光集

卷三 ………………………………………………… 196

五言律诗

目　録

23

望雲精舍詩鈔

湘南吟草

白華樓詩鈔

閩中薩玉衡 檀 河 著

男大年 校刊

《白華樓詩鈔》序

　　嚴滄浪云："詩有別才，非關書也；詩有別趣，非關理也。然非多讀書多窮理，則不能極其至。"卓哉是言乎！犛牛不可以執鼠；干將不可以補履；鄭刀宋斤遷乎地而弗良，橘梨橘柚味相反而皆可於口：此別才之説也。五沃之土無敗歲，九成之臺無枉木；飲於江海，杯勺皆波濤；採於山藪，尋尺皆松樅：此多讀書之説也。解牛者目無全牛，畫馬者胸有全馬。造弓者擇榦於太山之阿，一日三覿陰三覿陽，傳角纏筋，三年乃成；學琴者之蓬萊山，聞海水澒洞，山林杳冥，一動操而爲天下妙：此多窮理之説也。故才不俊則意凡，學不豐則詞儉，理不博則識褊。古大家之爲詩，雖風格各殊，顧於是三者必有所獨至，然後其騰實大而收名遠。而世徒執別才一語爲滄浪詬病，抑過矣。

　　清興，稱詩於吾鄉者，無慮百數十家，然必以張超然、藍君澔爲巨擘。在近日又以長樂劉次北、侯官鄭西灉、鄭涵山、閩縣林暢原、薩檀河爲最，而薩子尤雄特。薩子元雁門直齋侍御之族，故酒狂，然天真夷曠，博聞彊記，嘗著《經史彙考》《小檀弓》《金淵客話》《曲江雜録》《補傅子》，補鄭荔鄉《全閩五代詩話》，皆淹洽可傳，不幸燬於火。其稿僅有存者，要之能具別才而兼學、識三者也。其爲詩，駿偉廣博，譬諸快劍長戟之撞拟，黃鐘大呂之鏘洋，大瀛吹波，魚龍出没，沃日蒸霞，萬象融涆，建章神明，嶕嶢瑰麗，銅鳳金爵，照爛天表，美哉盛乎！非薩子其孰能爲此哉？

　　抑吾聞薩子曏者宰洵陽時，劇賊方薄城火攻，符節相望咫尺，不

一矢援。薩子及其長子宗甫竭力守禦，相持七晝夜，賊竟去。已而四
川總督某坐失機見法，薩子亦以賊過河論戍，蒙恩援贖乃免。歸而長
子尋以勞夭。蓋人生安危之幾，得失之故，存亡哀樂之變，莫大乎是。
求之古《三百篇》，則《擊鼓》《清人》之刺，《鴟鴞》《狼跋》之憂，詩人往
往攄其隱而有所不能已於言。今誦薩子入秦以後詩，無一涉身世怨
尤語，何也？夫非深於溫柔敦厚之旨，千古詩人之教，情不同而道相
合耶？其視前世詞人之所爲不得志而牢愁發憤者，何如也？薩子長
余十餘歲，交於余將三十載，又與余太父遊，余知之最深。嘗論余詩
其秀逸沈雄者，殆合虞、劉兩文靖爲一手，此所謂誘之使至於是，余焉
足以語此！若薩子之作，乃誠遠與虞、揚、范、揭四家接武，而近視張、
藍二子，駸駸乎欲度其前者也。世有知言如滄浪，始可與言薩子之
詩哉！

嘉慶十有七年壬申冬同里弟陳壽祺序

《白華樓詩鈔》題詞

栗里歸來足嘯歌，脫離宦海省風波。恇來詩句鮮成綺，家世燕山薩照磨。

玉軸牙籤海嶽儲，雲煙過眼總成虛。祝融相子休嗟怨，擬賀參元失火書。

年弟林茂春

5

卷　　一

詠　　史

　　漢興承二敝，六經悉離棄。廣川下帷生，表章蓺失墜。三策貫天人，哀然羣儒粹。後來高園熿，禍首倡災異。大興淮南獄，詎合緩刑意。遂開陰陽學，假經託象類。宣元攬其成，哀平踵其偽。申福十二應，炕龍表符瑞。卒使炎祚傾，紫撝分閏位。學術吁一乖，窮經遺世累。

　　張悌殉身時，謂荷名賢顧。戴淵投劍泣，乃感知己悟。南風無停披，衆卉藉吹煦。東海不擇流，百川有歸注。綸氏煽大冶，千人受陶鑄。師友得荀陳，高風天下慕。南陽樊德雲，驥尾不容附。清流喜自居，惜哉人踐汙。謖謖松下風，龍門悵難過。

　　漢駕倏西遷，公卿逼搶攘。立壇紀北魁，名士釀鉤黨。嗚呼二十年，文章畢漂蕩。有識戒危言，先幾處平壤。鴻鵠已高翔，黿龍孰爭長。不見墊角巾，遠嗣洪崖響。不見蓬萊居，蕭然楚狂想。

釣　龍　臺[①]

　　吾聞龍可豢，劉累世其工。《說文》：工，官也。又聞龍可釣，越王擅英雄。如何朱泙漫，千金散無功。高臺何龍嵸，龍去臺亦空。秦鹿失已久，誰談楚重瞳。赤蛇今又死，誰識隆準翁。我懷太古意，悲歌莽

7

蒼中。劍戟沈海雨,旌旗蘸天風。大江枕其下,怒轉如靈鼉。霸圖千秋事,一碎夕波紅。懿彼垂竿者,寥天但飛鴻。

【箋注】

　① 祝穆《方輿勝覽》記載臺在福州南九裏,《閩都記》記載臺在惠澤山之南,相傳粵王餘善善釣白龍處又名越王臺。

遊石鼓山雜詠

浴　鳳　池

師来曾徙龙,師去豈鞭鳳。至今池水清,寂寂山鳥呀。

雙　髻　石

鬘陀雲作顶,雙髻不用绾。君問四大軀,假合本成幻。

喝　水　巖

憑誰更喝回,一憀幽耳賞。蒼巖寂無聲,風松作泉響。

石　　門

峭立自古今,嵯岈無開闔。與證不二門,林風吹儵颯。

簫　灣　嶺

石腹脹如鼓,巖頭懸若鐘。何當一撞伐,直作三日聱。

劍　　石①

千載山爲砥,觀者勿求痕。神工谁鑄出,割此煩惱根。

8

白雲洞

洞門日常開，雲氣時欲暝。無心自去來，一片落清磬。

放生池

矯俗有乞伏，施生有孟簡。人人藏衣珠，谁歟具慧眼。

【箋注】

① 取自刻舟求劍典故。

送陳忠九歸義溪

晏嬰不滿六尺軀，公然意氣籠萬夫。撐腸拄腹五千卷，神充不作
臞儒臞。比來接席經幾載，邀遊日夕忘饑劬。攀嵇覓呂競一笑，興來
呼酒黃公罏。僧窗石壁每題句，句成往往傾吾徒。忽然掉頭義溪去，
夢隨風雨淪菰蒲。霜寒雪落歲已晚，歸心飛逐片帆孤。白鹿山高紫
翠錯，烏龍江淨琉璃鋪。看君用意代君語，伊優堂上胡爲乎。我亦從
來膽氣麄，饞驅不受胡奴租。布衣脫粟本有分，我輩豈作鳥窺笯。義
溪有水如醍醐，義溪有山腴不枯。義溪溪堂樹扶疏，春深花密禽相
呼，知君歡樂無時無。

義犬行

連江有販海者，見一人牽犬就屠，犬悲鳴，狀若畏死，販民惻然，償其直
以歸。後遇盜，貲爲盡掠，囊販民擲於海。盜去，犬泅海銜囊至灣旁，跳號
不絕聲。聞者尾至所在，開其囊，闐然人也，販民以是得甦。事聞於官，盜
皆偵獲無脫。鄭涵山作詩示其予，予用韻答之，並告世之無故殺生者。

9

二儀懷好生，萬類育不暴。爲善信最樂，遠施豈求報。連江販海夫，目未賭訓誥。一犬雖就屠，細之孰戀嫪。惻然償其直，汲汲防悔懊。辟疆感蠚疎，千古同聲悼。一念動自天，天隨理亦到。古人戒殺生，渡淮遂其禱。柔嘉物之心，豈第神所勞。不見彼販夫，中流困羣盜。杳然海天寬，人跡時遠埽。貲飽虎狼貪，身提魚鱉犒。性命吹秋毫，魂魄搖風蘀。萬死僅一生，死生勢則趮。何圖一海葵，俍傸入溟澳。狎波驚浮鷗，喘汗意桀驁。急難非汝能，無濟亦汝操。義憤居兩全，狂情可三噪。呂梁雖險惡，忠信真可冒。精衛填冤心，誰能測所造。終焉獲大姦，聞者色凋耗。豈脫鼓刀時，會以黿獄告。騰擲如有知，此義疇誨導。人懷育物心，此心泣覆幬。投復自古今，響應逾橄號。此理塞人間，紆迴無顛倒。的尾咋盤蛇，黑龍火可蹈。神妙到荒唐，往往臻理奧。無故勿擅殺，聖賢謹嗜好。東坡泣韻詩，豈獨諷陳慥。

哀　猿　吟

　　臺灣人畜一猿，其子誤墮沸釜中糜爛焉，母猿悲號隨絕。又有一猿生子，或攜去，月餘遣還，母猿見之，跳躍叫嘯。已復攜之他所，卒亦悲號其子以死。涵山並有詩索和云。

猿鳴哀，哀猿鳴，臺山可崩臺水傾，何如巴東淚三聲。淚三聲，爲三歎，猿母傷兒釜中爛。哀哀騰擲死即休，死去身休魂猶惌。一猿失其兒，相見喜還期。終遭桓溫卒，殞身爲增悲。兩猿此時腸寸刲，死者誰憐長不返。爾皆犮獝坐情亡，母無不慈子當反。山中秋雨栗葉飛，王孫遊兮歸不歸？

陳秋坪畫洛神[①]

不畫針神畫洛神,芝田館外采旄新。三臺笑煞張燈火,君豈黃初作賦人。

【箋注】

① 陳恭甫:《東越文苑傳》:"陳登龍,號秋評,乾隆三十九年舉於鄉,大挑一等,四川試用知縣,署天全州裏塘同知,調雅安州部推,遷安陸府同知。丁內艱歸,授徒自給,與諸生詩畫自娛,著《出塞錄》。"

題鄭嵎津陽門詩注

三藏袈裟絲縷紛,羅公幻術果希聞。如何環上逢山鬼,不爲官家發六軍。

承平故實出村翁,樂史陳鴻二傳同。獨愛行宮小詩句,白頭閑坐說元宗。

海棠初開次東坡定惠院東韻

種之奇者會稽木,不嫁江梅媚幽獨。偶然林際倚新妝,顛陸顛花叫絕俗。陸放翁有"被人喚作海棠顛"之句。數朵輕盈致自好,看花何必萬花谷。含情無語笑嫣然,吟對一枝春滿屋。有如妃子出沈香,睡起枕痕紅印肉。又如華清新浴罷,醉骨妖嬈力不足。綠綃襯曉意婆娑,紅袖低風態柔淑。賞兼分外知者希,老樹苔皮半空腹。東坡昔遊黃州山,偶看此花忘看竹。清詞麗句脱手成,難得閒吟好題目。向來詩人例好事,獨怪子美空居蜀。我且作詩和坡老,豈較壞蟲與黃鵠。趙

11

娘原是此花身，安得起之歌一曲。東君著意膩胭脂，乞借春陰莫催觸。

讀書廉山草堂時𡻀如弟養疴於此[①]

門繞湖山閉薜蘿，蕭然病榻斷人過。我來欲證真如性，試與君歌一鉢歌。

【箋注】

① 家譜諱玉瓚，又薩氏宗祠在大夢山之陽，門對西湖，中有廉山草堂、墨池、愚公谷、貽香亭諸勝，《福建通誌》亦有記載。

肇鰲姪遊大梁[①]

琴劍銷磨絕可憐，何人詞賦擅翩翩。却秦古有侯嬴隱，救趙今誰魏忌賢。

千里客懷瓜蔓水，一心鄉夢荔枝天。繁臺獨上愁斜日，歸敕陂龍即是仙。

【箋注】

① 明《一統志》：“春秋鄭魏衛三國之境，戰國魏都於此，號爲大梁。”

園橘熟多被鄰童摘取述事戲作

西窗掛夕陽，玲瓏照孤坐。噀人香霧霏，風味如炙輠。吾聞今年冬，此種不蕃夥。暑雨殘其實，秋颸雜沙堁。喜此瀟湘姿，滿林酣霜朵。東鄰羣兒童，踰牆肆攉挅。筐籠各有攜，騎危不驚墮。防之却甚真,誰能保帖妥。援面笑與言,且慰息慚懾。江陵數封君,千絹不到我。頗聞陸家兒,懷中亦落寞。頗聞范伯圭,筍菘任負荷。撲棗瀼西鄰,杜翁無不可。小如黃羅包,大似丹砂裹。平分兩無妨,視此三百顆。

贈鄭涵山

繳者仰身目鴻飛,釣者俯身坐石磯。織者漸進錦滿機,耕者漸退稻梁肥。俯仰進退各有態,所期成務初無違。丈夫功名是處有,蓬蔂豈真無發揮。君才權奇領神駿,屢蹶都門失錦韉。李蔡下中競通顯,相如白璧且完歸。問君柏馬誰褒譏,問君木雁誰是非。伯陽之言我嗟欷,相知不貴貴知希。

舟　　中

殘月淒將曙,寒光半入窗。風高秋在樹,人定夜聞江。
茅店鳴雞起,沙汀立鷺鷥。孤燈照無睡,舟子語煙艭。

繫舟琅崎感賦[①]

琅崎山帶海山高,潮去潮來雷石豪。平地何曾銷險阻,壯心甘欲試波濤。

浮湛洗翅呼雙鳥,續縵沈竿釣六鼇。我意雲中汗漫客,豈應舉臂掉盧敖。

【箋注】

①《閩都記》"琅崎山在紹惠里,臨大江,其山高聳,有龍井,抗旱不竭。"

回舟至馬頭江北風甚勁俄頃復平戲作短歌^①

昔日馬江去，擊檝叩舲破清曙。今日馬江歸，惡風白浪高崔巍。石非灩澦健於馬，江險瞿唐不可下。石馬羣飛騰萬槽，天意傾覆存波濤。吾舟十丈作蛟舞，健帆戰風如嘯虎。白摧朽骨鬼神奔，星斗在天雷雨怒。須臾水面平如油，江風淅淅江天秋。燈火隔船人語靜，月波夾岸櫓聲柔。回頭險阻同夢寐，始信一噎等游戲。大小正倒胡不齊，視彼砥盂與珠圭。

【箋注】

①《閩都記》："馬江在江右里，南臺西峽皆江於此，江心有巨石如馬頭，潮平則没，潮退則見，故名。"

舅氏鄭仕敦先生自粵東歸遇盜得解賦呈一首

歸帆失戒尉佗城，千里羈魂痛定驚。未必世途寬我輩，可憐羣盜尚人情。

戴淵跋扈投知己，李涉飄零賴盛名。轉笑空囊生計拙，枉拋十畝誤躬耕。

和陳九成冬夜記遊韻兼答啟嘉招登五峰之約^①

歲云暮矣朋盍簪，冬醪抱甕味醇醇。《酒經》言：冬月釀酒，令人抱甕，速成而味好。孤愁正坐無侶伴，霍然起我三眠蠶，渴狂怕作文字飲，酒軍先欲收褵褵。一時謦欬風雷發，空堂暖熱如春酣。回頭罷席霜滿眼，寒風吹空天蔚藍。諸君得酒清興動，要散腰腳除騑驂。夜遊不用更秉燭,六街月浸金波涵。本來無價豈錢買,世士所棄容吾探。醉尉不呵人跡掃,玻璃踏碎驚驂驔。霜力折綿酒力怯,遊興尚作强秦貪。須臾歸來月宮閉,麗譙鐘鼓聲囂囂。陳生好事勇過我,伸紙怪作驚人談。燦然驪珠一百一,婆娑簸弄海波南。人生搏沙放手散,莫以一聚成優曇。五峰仙人卧茅庵,折梅犯雪來層嵐。丈夫不肯署紙尾,區區畫諾吾猶堪。

【箋注】

①《閩都記》:“五峰山在社稷壇之西,山有大鵬搏而來,五峰秀聳亘數里。”

柬張燮軒在葉毅庵先生安徽學幕 燮軒爲先生快婿。

使君冰鏡照湖濱,帳下論文半茂親。賦海元虛推後進,過江白璧屬何人。

杏花門巷鶯聲老,柳絮煙波燕子春。千古二喬得佳婿,吟詩喜對皖公新。

采石宮袍李謫仙,北樓最憶謝公賢。縱橫大有三千首,煙月銷歸二百年。

名士胸懷如赤玉,才人家世况青錢。琴溪六六多充使,爲趁寒潮擘錦箋。

五峰山房招啓嘉

去年君卧五峰曲,我未從君把芳醑。今年我對五峰青,又恨少君同入林。人生人地天位置,天識吾曹愛山意。要將兄弟送主賓,巧與參商作遊戲。聞雨樓中自校書,春風何日下樓居。登山雙攜靈運屐,下澤一命少游車。山人特來作山主,山向山人爭媚嫵。由來俗子厭逢迎，幾見高人入官府。意氣軒軒龔與劉，文章才地騁驊騮。越人居越說天姥，海客習海談瀛洲。五峰亭亭立五鳳，追逐仙兄躡飛鞚。山花點草繡成茵，山鳥窺簾促開甕。請君莫作東方癡，三冬交史不救飢。請君且作蘇門嘯，三百青銅買一笑。人生安能長年養病若吳季重，又胡爲鬱鬱憂傷若盛孝章，放歌賴有北山崗，來乎來乎虞仲翔。

曉 起 即 事

昨宵困鬱蒸，汗臥氣如縷。起視河漢明，片雲無處所。三更林響交，槭槭動窗戶。欹枕遠聞雷，電光翳復吐。稍從夢魂蘇，未覺蚊蚋苦。曉來繞溪行，金碧净沙土。別澗流潺湲，前山一夜雨。

秋　　懷

菊瘦霜高蟋蟀悲，乍驚未老鬢如絲。煙霞自昔就成癖，風雨平生有所思。

愛水頗關鷗性淡，看山翻喜馬蹄贏。一秋長負騷人興，去向誰家倒接䍦。

幔亭絶句①

避秦三十六峰居，漢主新修封禪書。未識幔亭高宴日，仙厨曾否辦乾魚。

賓雲曲散嘯林猿，老盡西溪毛竹根。可惜虹橋今斷絶，重來下界幾曾孫。

霞褥雲裀倘再開，茶烹京梃薦呼來。泉名見《山志》。板師拊板歌師唱，今日人間更可哀。

【笺注】

　①祝穆《武夷山記》：幔亭峰在大王峰後。秦始皇二年八月十五日，武夷君與皇太姥、魏王子騫置酒，會鄉人於峰頂，召男女二千餘人，虹橋跨空，魚貫而上。設彩屋幔亭數百間，飾以明珠寶玉，中設一床，謂之玉皇座，西爲太姥魏真人座，東爲武夷君座，悉施紅雲裀紫霞褥，金盃貝貯花，异香氳靄。

佟毓華畫鷹

　昔者孝行畫鷹鷹欲作，殺氣稜稜避鸛雀。今日空堂起雪霜，怪底平沙開朔漠。西風萬里風蕭索，百尺撐雲木業落。躩身孤立瞰空茫，勁翮雙調待擊搏。飛揚趹扈勢可呼，嘴蓄精鋩爪屈鍔。我想佟君贏磅礴，我愛佟君畫不惡。凜然如對古將軍，英武不在談韜略。又如立朝古端士，威望亭亭忠諤諤。鷹乎鷹乎胡爲閒處著？時平縱不用衛霍，殿上豈可容婁郝？

題高固齋毛西河前後觀石録

　文士誇新奇，出意事編輯。遊戲弄文翰，流傳病國邑。茶録與荔譜，識者爲鳴悒。種禍到山根，燎原火誰戢。壽山産石奇，五色燦可挹。吾讀勉翁詩，已愁斧斤及。<small>黃勉齋詩：石爲文多招斧鑿。</small>後來宋坑填，掃跡榛路澀。<small>五花坑去壽山十里，宋時以採取病民，縣令輦石塞之。</small>寂寥數百載，喘息得噓吸。國初諸詩老，焜燿爭捃拾。<small>謂西河、竹垞、初白諸君。</small>物華不自獻，一呼萬眼集。在遠括者多，當官伐之急。<small>自康親王恢閩以來，凡將軍督撫，下至游宦茲士者，爭相尋覓山中，傭工日千指。</small>遂使牙儈豪，石重價倍什。甚至賤丈夫，販售紅錦襲。<small>康熙戊申，陳日浴，字子槃，故黃門子，賣糧採石，載至京師，售千金。</small>小品印篆鈐，高材屏山岌。甘犯虎豹嘷，導爲羔雁執。輸錢忍關津，兼金實籐笈。田洞剏已空，蓉岩

17

更深入。刻骨奪天慳，頑荒聚鬼泣。地脈關根本，元氣必靜翕。佐嶽冥理通，守土宜加緝。嗚呼志方輿，閩產已首立。《方輿勝覽》於福州土產，首載壽山石。

醉歌行戲答啟嘉

君不見岱輿員嶠雨神山，六鼇釣去沉波間。又不見酸棗蓬萊幾反覆，蛟龍乾死森林木。如何不飲瞠兩目，坐看日月雙轉轂。雲冥冥兮風蕭蕭，蟲晝號兮鬼夜哭，木石之人髮亦禿。萬斛載酒不載愁，但愁酒國不封侯。據床便啖八百里，葡萄豈博西涼州。開長筵，選大戶，脫熊冠，劈麟脯，君醉舞兮我醉舞。蕭史席前吹鳳簫，禰衡堂上撾鼉鼓。君醉舞兮我醉歌，我歌今與君殊科。已落之葉無返柯，東流之水無回波。君欲不飲將若何？控鯉誰，琴子高，跨龍誰，安公陶。重樓邃殿仙之家，我揖仙人贈瑤華。手斟玉斗頭簪花，拍肩大笑翻流霞。

次韻靳韜齋人日越山書院看梅

花經臘後領羣芳，也復題詩到草堂。壓帽何如簪綵勝，當筵莫便舞山香。

團情團思臨斜月，李羣玉《人日梅花》詩有"團情團思媚韶光"及"玉鱗寂寂飛斜月"之句。無雨無風笑向陽。《梅譜》：笑春向陽。最是越峰峰畔樹，伴人醉醒替人狂。楊誠齋《詠梅》句。

九 仙 山

勢分鳥越鼎三山，騎鯉真人何日還？樓閣春風明海島，旌旂夜月擁仙班。

巖頭馬去雲千縷，池畔鴉飛水一灣。上界鐘聲下界度，遊人指點暮煙閒。

閩 宮 詞

驤家建國舊山河，島嶼樓臺浸碧波。軍府新開大都督，兩朝天子錫珮戈。審知。

登庸樓上跋鐘催，鳳詔重重闕下來。今日旌旗聞出餞，拾遺又賜錦衣回。

招賢院立四門開，八族衣冠一代才。自是君王能養士，肯教狎客孔江來。

料得夷蠻估客來，貢船針指出登萊。海師一夜因風雨，報道黃崎新港開。

擲碎玻璃忍不看，國家經費念艱難。軍中敗袴無由補，酒庫親收醡袋殘。

雲開寶相夢諸天，知爲君王廣福田。衆願合成新法界，十三爐冶鑄金仙。

張燈大鋪宴輝煌，夜半君王到暖房。不費黃金買詞賦，買絲也合繡冬郎。延鈞。

被禊流觴又永和，龍啟三年改元永和。蘸波香影簇宮娥。桑溪不少穠桃李，今日春風屬綺羅。

擎來筐幣自金陵，千鑷吳鹽一片冰。曉事內人語花絹，就中知誤不云綾。

百道階通蕭寺街，涅槃佛子最銜悽。中元歲歲盂蘭會，薛老峰前更近西。

黃金布地白龍祥，曉事人哃蔡侍郎。堂牒除官真利市，齋壇先祀水西王。繼鵬。

睡眼麻茶對鏡臺,玉階履迹掩春苔。君王紙尾批何語,参政今朝疏不來。

角瓜片飲不須觥,長夜君王未解酲。聞道相公卧街市,口中不住唤春鶯。延羲。

重霄影落見層層,布地黄金惜未曾。每夜樓頭沈月色,一城七墖萬枝燈。

石根如穗裊祥煙,土貢宫中亦萬千。寶局呈來新鑄様,一時傳看永隆錢。

過琅琊王墓

草昧英雄起,崎嶇士卒驍。錢戈雖有讖,矢口早成謡。卜帥驚神劍,榮封錫大弨。艱難扶董氏,恭敬過王朝。推轂屏藩重,刋碑德政昭。疲癃時一振,井賦藉長鐃。高卧三邊枕,徠蘇百姓苗。亂離勤職貢,兵燹絶徵徭。戎馬愁顔逼,文章異數招。四門興學校,八族附賓僚。遺愛棠休剪,貞操柏後彫。桃枝雲嶺亘,菡萏霧峰嶢。兔穴深多入,魚燈凍不燒。衣冠誰守塚,香火尚承祧。玉帶成千古,銅符歷五朝。秋麟蒙露泣,夕馬借風驕。寂寞空行客,蒼茫問老樵。何如兒女恨,脂粉滿山椒。

寄鄭涵山莆中

翩然來讀草堂書,梅漈園邊夾漈居。應有吟懷到雲侶,乘潮好付九仙魚。

望壺樓影抱山光,丹荔垂街早晚香。吟到君家耕老句,勾人六月國清塘。

陳忠九劉文起敬如兄同訪啟新啟嘉五峰山房

避俗攜書劍，離家類遁逃。地荒潛虎豹，鄉檏問豚羔。鴻鵠無凡志，騏驎夙共槽。嶄然見頭角，渾欲養皮毛。酒載西湖舫，<small>時從西湖泛舟，抵北郊。</small>人尋北郭騷。水紋拖柿葉，山色濯葡桃。巖竇芳流乳，原疇澍渥膏。風林千磴暝，煙木五峰高。池在疑歸鳳，坡垂儼伏鼇。蓬門深似洞，蘿屋並如艘。李架惟堆卷，張居不剪蒿。竹窗青瑣碎，榕徑綠橅槮。會訪篯經去，閒期品石遨。<small>五峰有篯經臺，品石巖諸勝。</small>徘徊憐野逸，嘯傲脫塵勞。正爾評花露，旋聞送翠濤。<small>時村翁送酒來。</small>若翁可人意，惡客豈吾曹。<small>元結以不飲酒者爲惡客。</small>思欲生軒輊，時方用桔槔。惟應軟而飽，尚可老呼饕。丹荔垂千實，蒼頭報一遭。溪山常入夢，賓從擬重叨。

詠　史

伏甲何必元武門，臨湖變後念諸藩。可憐宮府輪寧薛，花萼相輝倒玉樽。

陸郎得婦罷充華，翻使辰嬴累一家。從此承恩連姊妹，壽王宮裏怨楊花。

卷 二

將入都別家兄敬如

萬里風霜一劍單,高堂白髮遠遊難。明知布被原奇暖,且説綈袍可救寒。

貧子正當行色晚,衰親怕有淚痕看。銷魂況是江頭路,莫向茫茫感百端。

自延平至五顯嶺感馬阮事成二絕句

北苑宗風説貴陽,猶勝賀誕錯題鷹。如何不作哥奴死,血污三溪水亦狂。錢秉鐙《所知錄》:馬士英斬於延平。

西湖蟋蟀美人憨,何以春燈夜半酣。度嶺南來無鄭尉,誰知別有木棉庵。《萬言編·阮大鋮傳》:爲雷演祚冤報,過五顯嶺墜崖,碎首而死。

謁江文憲公祠

一別來茲土,銷魂可奈何。白雲遊子意,渌水美人歌。

彩筆生無夢,芳情託逝波。有靈應識我,僕恨較君多。

22

建 陽 絶 句

澤國山圍處士家，舊時泉石好生涯。我來一訪靖安寺，落日寒雲有弔鴉。

竹塢桃蹊占一區，盧峰峰頂草堂居。何時烹取龍泉水，讀盡麻沙坊裏書。

梨 嶺

路出三衢近，回頭望建州，如何嶺下水，不肯向東流。

富春戲贈賣魚翁

嚴陵山深鳴榔響，驅魚截流下急網。半江斜日風吹鯉，翁呼賣魚掉來槳。小魚戢戢如金梭，大魚垂頭僅及掌。嗟翁以魚作耕養，何不松江繫吳榜。不然賣船置繅車，且去牽縷共婦紡。翁看此水清漣漪，安得百金之魚翁張之？《公羊傳》：百金之魚公張之。

釣 臺

羊裘大澤高風足，豈謂羊裘致文叔。富春山下瀨水清，魚飯强於大夫祿。不奉風雲赤伏符，目中豈識執金吾。圖國非無范博士，投書多事侯司徒。炎劉委政自元始，草莽沈淪天下士。吳門隱卒有婦翁，齊國幾人命男子。東都接種多賢豪，懷仁輔義迴滔滔。真人倘識故人節，釣臺何似雲臺高。嗚呼！先生可友不可臣，千載看人作美新。客星閣上客憑弔，惜哉無問牛君真。

西　　臺

柴市草已宿，冬青花不開。山川慟哭往，朋友死生哀。事共鳥鳶寂，魂兮朱鳥來。趙家留尺土，落日滿荒臺。

汐社此遺民，流離晞髮身。詩應編甲子，客是降庚寅。松柏猶悲翟，桃花好避秦。無家來許劍，天地有芳鄰。

過 岳 忠 武 墳

賀酒黃龍事竟空，淒涼一闋滿江紅。十年戰伐歸三字，五國覊魂泣兩宮。

水咽西陵虛夜月，枝生南向怨秋風。將軍不受金牌詔，解甲丹庭死更忠。

舊井銀瓶事可傷，金陀血淚洒家王。一門忠節凌秋日，半壁江山付夕陽。

從此朝周無白馬，幾經換劫又紅羊。英魂來往匡廬下，不負前言到五郎。

朔風吹雪暗沙塵，廳事親題百戰身。史入北朝書戊戌，天教南宋屬庚申。

議和已久愁諸將，誤國當時豈一秦。更恨埋冤不埋骨，荒墳還說賈宜人。

佃客居然又一韓，長城萬里北軍寒。生逢知俠明冤獄，死遇周仙肯掛冠。

霜戟沈埋湖水冷，雲旗飄泊野燐殘。翠微亭畔劍門道，居士清涼淚暗彈。

24

謁 于 忠 肅 祠

三台山畔弔忠魂，宣府傷心土木屯。塞遠黃龍同抱痛，江寒白馬更沈冤。

局郎已死猶褒廟，丞相論功在奪門。雨帝早時歌載路，鸝鷞冰走泣荒原。

寓吳門偶成四絕句

紅燭笙歌笑點蟬，洞庭風月太湖煙。別來猶著蘇州夢，茂苑鶯花過五年。白樂天。

明月清風四萬錢，老梅有伴卜居聯。黃柑紫蟹秋攜酒，瓢笠狂歌慶曆年。蘇子美。

吳臺越戍久荒煙，說虎盟鷗鏡裏天。聞到鴟夷扁舟去，被人妒煞石湖仙。范石湖。

一自春風到茜涇，玉山簫管集羣英。儒衣僧帽行天下，金粟道人顧阿瑛。顧玉山。

真 娘 墓

生公石畔劍池邊，買笑猶飛榆莢錢。莫訝慈門留冶葉，桃花生世解參禪。

雪到江南怨易消，吳宮草綠鬬裙腰。春風一鎖芳華住，閒煞姑蘇四百橋。

吳王好劍術歌

千金鑄劍誇國寶，白日殺人如殺草。殺人如草劍有神，可憐殺人先殺身。君不見爐中爪髮風淒淒，干將冶劍殺其妻？又不見吳鴻扈稽者誰子，金鉤能飛二人死？吳王試劍胡為爾，國人瘝瘝泣相視。茫茫古血土花青，煜煜寒毛電光紫。彗星貫日戟交軹，窟室魚腸大逆理。熊背鱄諸匹夫耳，獨惜伏戈在檇李。吁嗟乎！芋蘿之人入姑蘇，屬鏤又賜大夫胥。

睦　州

蒼茫雲樹數歸鴉，丹嶂臨江落晚霞。記得來時春水碧，亂山殘雪映梅花。

蒙　陰　道　中

斜風細雨弄陰晴，麥飯相逢花滿城。今日行人最惆悵，蒙山山下看清明。

揚　州　雜　詩

歌館弋林邗水湄，珠簾十里映金芝，春風吹徧江頭綠，不似參軍作賦詩。

飲馬長江萬匹煙，佛貍宮帳暗淮天，可憐瓜步山連戍，落日寒潮唱卯年。

景華燈幌不曾收，丹鳥籠山照夜幽，東郡可能明月盧月明。冷，火旗都在殿西頭。

花底流杯老一身，玉梅不見武功春，琵琶何處空明月，給諫山前絃管新。

淮南定策倏蟲沙，燕子春燈入内家，最是銷魂石城曲，二分明月冷梅花。

兩行小吏艷神仙，<small>陳迦陵句。</small>修禊紅橋碧漲天，多少十三樓下過，風流不說杜樊川。

崑山劉龍洲祠

湖海襟期絶代才，上人好客滯燕臺。宫廷抗疏情多感，臣妾僉名事可哀。

龍水聞歌建武去，巉肩載酒浙江來。千金散盡還漂泊，黄鶴樓前醉幾回。

五　人　墓

海隅五百人，盡爲田橫死。寥曠已千秋，五人毋乃是。目未覩訓詞，身不列臁仕。微逐里巷間，老死牖下耳。誰測方寸心，居然奇男子。慷慨訟人冤，慘澹血相視。勇激慶忌魂，義蹈要離軌。<small>二人墓一在齊門，一在閶門。</small>胸藏萬古悲，憤淚到傖婢。荆卿塞里閭，朱亥滿屠市。一時吳趨坊，化爲齊耴里。太湖三萬頃，頹波爲之起。一擊碎堅冰，皁城陰魄褫。朝廷罷鈎黨，功波天下士。死義非死亂，此語見天咫。山塘古名邱，姦祠此其址。苟無俠骨香，尺土猥蒙恥。<small>墓爲魏閹普惠祠。</small>吾知白蓮涇，<small>在吳縣周忠介墳。</small>鬼雄長慰喜。

27

機　山

君家起東漢，文武光國步。九葉鏘聲華，宣爲大夏護。金陵王氣終，天意傾吳祚。人情懷儁望，在此固無斁。離鳥悲舊林，機《贈從兄士光》句。先人有邱墓，陸遜、陸抗、陸褘墓皆在華亭。無端太康末，京洛緇染素。羈宦誰爲心，振纓銅輦路。人道嶮而難，況是多猜妒。取禍談笑間，豈在按劍怒。幸免廷尉議，不念戴與顧。戴若思、顧榮咸勸還吳，不從。謂結成都歡，會無金石固。貉奴能督否，羣謗將安厝。風水適然遭，功名邂逅遇。勁翮不自斂，翻飛皆火樹。裴松之《吳志注》引機、雲《別傳》謂：抗之克步闡也，誅及嬰孩，識道者尤之曰，後世必受其殃。及機之滅，三族無遺。然考《吳志·陸抗傳》，自將吏以下，所請赦者數萬口。且《晉書·陸機傳》，予爲反覆始末，機之禍，始於盧志，終於孟玖、孟超、牽秀諸人，衆口鑠金，遂成奇禍。機以九代卿族，吳亡之日不能野哭，自屏守于先人邱墓，乃委身閹朝，禍至不可測，千載而下，曷勝浩歎！長吟招隱詩，三復豪士賦。文章喜才多，可惜爲身蠹。黑幰入夢徵，天地爲昏霧。後來東海王，討冤罪狀具。此錯成邱山，聚鐵將何鑄。君門三世將，道家所忌惡。河橋收禍凶，何必西陵故。思鱸且休官，唳鶴嗟自誤。躑躅平原村，千秋戒行露。

崑　山

山邊二陸讀書堂，春到人間百和香。寥落液仙今不見，提壺來問乞花場。

樓桑邨爲昭烈帝故宅

忠武廟前有老柏，老柏盤拏幹如石。昭烈邨南傳老桑，老桑五丈如樓長。

魚水君臣時際會，神明正直人再拜。天下英雄獨使君，千古何人論成敗。

杜鵑舊是蜀帝魂，時或歸來風滿旆。想見童童羽葆蓋，何必枌榆重豐沛。

徂徠山下作

百里分嶽色，長青厭三縣。峪秀竹溪幽，過之每盈羨。春風山路和，往往逢僧練。蓮塘水可漁，龜陰田可佃。吾亦掉頭翁，誰歟金閨彥。

平山堂同王蘭江陳昌萬許畫山宴集

平生雲水腳，冥情負孤往。文物況葳蕤，賓朋迭俯仰。醉翁行樂處，風流有餘賞。竭來七百年，草木敬疇曩。東坡詩："醉翁行樂處，草木皆可敬。"青山厭逢迎，分外向吾儕。又《平山堂詩》："山向吾曹分外青。"笙歌逐水開，笑語亂禽響。何當醉千場，淮南春盎盎。逝將捨之去，平原空莽蒼。夕陽古道乾，車馬羈塵鞅。安得第五泉，一洗塵心坱。落景踐徘徊，廣陵月已上。

東阿懷曹子建

客子由來最畏人，曹子桓詩"客子常畏人"，説者謂畏子建奪嫡也。風吹更作轉蓬身。子建詩："轉蓬離本根，飄飄隨長風。"一家父子思袁紹，當日君臣怨灌均。

西館無媒躬自責，東藩有路分難親。魚山清梵尋來杳，詞賦千秋望洛神。《離騷》求虙妃之所在，子建亦屈子之志也。

易水絕句四首

鞠武謀迂劊馬肝，馬頭生角誤燕丹。自從督亢孟康讀亢作苦浪切。全圖去，風始蕭蕭水始寒。

豎子難圖彼武陽，薄游榆次早知亡。千金匕首誇濡縷，不及秦醫有藥囊。

誰云生劫比盟柯，羅轂單衣尚鼓歌。畢竟秦妃精劍術，華陽空使泣宮娥。

衍水安能保一家，金臺士去最堪嗟。君看他日韓仇復，豈是收功博浪沙。

寓古藤書屋絕句

孤負藤花數首詩，花開花落幾多時。人間都作梧桐看，道是從來宿鳳枝。屋爲金太傅舊第，龔芝麓、朱竹垞、蔣京少、黃俞邰、周青士先後寓此。曲阜孔東塘詩云："藤花不是梧桐樹，却得年年棲鳳凰。"

槐花開過棗花殘，桐帽蕉衫六月寒。不是今年伏雨冷，秋風容易到長安。

秋 懷 二 首

秋來嗟負季鷹魚，翰墨吾疑計果疏。杜詩："計疏疑翰墨。"世事百錢司馬卜，虛名一束杜陵書。

關山滿目無來使，風雨驚心有敝廬。何日故園籬下菊，白衣相對賦閒居。

憑誰一問竹平安，事業蹉跎鏡獨看。十口無田吟飯顆，重來呼渡厭桑乾。

茅容有母貧思養，陶令生兒責亦難。永夜南雲勞悵望，不堪心逐雁聲酸。

柴　　市

黯澹塵沙晝不開，崖山風雨至今哀。白鷳有恨臣南拜，朱鳥何心冠北來。

十義風高留石塔，三台星折暗金臺。祥雲早入生前夢，無愧臚傳第一才。

兗州城樓故址次杜韻

滿目紛多感，吾生愧遂初。一車過東兗，雙劍自南徐 時自鎮江來。

作賦思文考，分封想漢餘。兗州魯所都，漢以封恭王餘。杜翁臨眺處，懷古益踟蹰。

羊　　流　　店

驅車東封道，遙遙見荒壘。云茲太傅城，重是角巾里。折臂作三公，沖素如白士。裘帶抱春和，千秋兩顏子。策成王濬杜預勳，計豈賈充荀勗市。吳滅晉始亂，此論吾不喜。禍起夕陽亭，啓留意則俒。[1]一事玷白圭，湛輩何足齒。落日高平山，淒風汶河水。淚墮別有懷，吾憐銅雀妓。

【箋注】

① 見《賈充傳》。

茌 平 道 中

割遍黃雲麥上場，魯連村巷犢車忙。不須夜飯愁行子，飽受千畦餅餌香。

涼雨初過濕軟莎，葛衣風透日西斜。馬蹄五月重邱道，不斷蕭蕭苜蓿花。

臨清弔謝山人

樂府新聲說少年，至今商調怨清淵。千秋湘沅盧生泣，一曲琵琶賈氏憐。

鄴下諸王爭禮致，濟南名士失詩權。誰將韋布論孤憤，身後知交有老錢牧齋。

揚 州 絕 句

朱鳥千帆鬥綵舟，衣香不散大隄遊。征遼只夢江都好，禪智山光博一邱。

三十六對一笑休，迷藏何處問隋樓。開皇不少平陳業，只似雞臺夢裏遊。

竹西歌吹最繁華，燈火分明十萬家。獨有廣陵城上月，夜來孤照玉鈎斜。

高 郵 絕 句

明月揚州水調空，古祠搴木澹煙籠。藕花香處無人見，故送蕭娘一笛風。米碑無露筋姓氏，徐文長《蕭荷祠》詩謂即露筋娘娘。施愚山云相傳爲鄭蕭二姓。

潤 州 絶 句

去年此日滯燕關，衰柳蕭蕭悵未還。今夜千秋橋畔客，月明坐對月華山。

憩 山 寺

六月客程倦，一庵佛火涼。可知愜情性，不在好林塘。
嶔崟愁征路，安便即故鄉。吾將問初祖，何日定行藏。

答鄭涵山借雁蕩山志 涵山有雁蕩紀遊詩在志中。

溧陽贊府永嘉客，遺我圖經日討幽。漫説温台落吾手，東坡《次周邠寄雁蕩山圖韻》：“此生的有尋山分，已覺温台落掌中。”不隨春雁住山頭。
羨君濯足大龍湫，潑眼飛崖瀉瀑流。七十七峰高唱入，白雲驚起一天秋。

與陳恭甫論詩並酬見贈之作

梅花丰骨是神仙，十載論交最少年。元祐詩才過海壯，永嘉名德渡江賢。
天生蚩蠆相依負，世有夒蚿總愛憐。解識八還無變相，不逢佳處亦參禪。

南 史 小 樂 府

田 舍 公

寄奴雖奇奴，本是田舍公。葛燈牛尾拂，終建丹徒宮。

東 秦 州

十陵公家墳，九錫皇家策。枉置東秦州，笑來王買德。

狼 居 胥

壞汝萬里城，而封狼居胥。元嘉坐失政，老僧來元謨。

猪 王

鱔奴有寧馨，猪籠誰解縛？得食蜜鰟鮍，何妨開眼諾。

汝 陰 王

山陽與陳留，不作零陵死。昔取司馬家，今有監門子。

同 泰 寺

見蚊如赤子，佛法所淪墜。荷荷欲何爲，禍鐘同泰寺。

壺 豆 洲

殿角見鵃鵒，狗子變獼猴。折箠笞不得，直待壺豆洲。

燒 圖 書

擊闔生悲風，燒書胡爲爾？平生十萬卷，豈謂韜文士？

都 水 臺

鳥嘴畫文出，朱門當水開。休嗟巴馬子，皂莢洗塵來。

戲 雙 陸

援師來武成，雙陸且游戲。食子急者誰，殿下無下意。

北 史 小 樂 府

天 女 下

詰汾田草澤，天女下天車。九十九大姓，力微無舅家。

逍 遙 園

今夜幸無他，又愁到夜半。可憐逍遙園，不及逍遙觀。

騭 惡 馬

御人如此馬，谷量彼何意。赤洪嶺頭軍，真穿爾朱鼻。

唱 高 末

君聽洛下謠，銅拔打鐵拔。宮中唱無愁，宮外唱高末。

普　梨　曲

兔碑意何居，牛刀夢不告。勿食受禪交，且唱普梨曲。

黃　花　落

滿酌對琵琶，閒閒七寶車。斷弦愁粉鏡，休怨落黃花。

敕　勒　歌

鼠子將無畏，驢鳴無奈何。一朝劍弩發，淚落老公歌。

清　河　崔

鄭母稟素規，房妻執道揆。赫赫清河崔，不鍾一男子。

祭　河　伯

水龍王士治，能令江神懼。地虎高敖曹，不怕河伯怒。

洗　夫　人

上馬張錦傘，下馬策奇勳。壯哉馮聖母，羞煞潘將軍。

客　中　病　賦

北地風霜苦，南方瘴癘侵。平生寡道氣，一病悟禪心。
身世同芻狗，飛鳴愧渚禽。君看莊舄顯，猶作越人吟。

題陳總戎聽雨圖 中有萬竿竹。

南威迫炎熱，鞭雲思一灑。桓桓陳將軍，披圖得心寫。頃刻走雲雷，竹枝紛拜亞。空堂生陰寒，羯鼓聲在瓦。岳夢憶蓮花，白衣手雙把。廓然豐注心，元感風雲假。酒肺起权枒，河流洗兵馬。莫語定遠侯，渠是食肉者。 公性不嗜肉。

送外兄張變軒宰溧陽

神仙不籍玉京署，笑揖仙曹作吏去。世上久無蕃露書，袖中休出凌雲賦。十年領解唤三頭，淡墨今看姓字留。食豕早曾呷隱豹，烹雞暫且屈函牛。盤錯由來推利器，採風去作宦遊記。佩刀異日識王祥，捧檄而今見毛義。千門萬户春風弦，滿縣花開吏即仙。人世空傳僧祐譜，君家自有新吾編。 惕庵姑丈著有《學實政錄》。君家大人文章伯，談經屢奪侍中席。蓬壺給扎萬選錢，粤嶠專城一廉石。 姑丈乙丑翰林，出宰鶴山、香山、新會、高要、揭陽、昆明等縣。維君文采舊弓裘，銅章出宰續風流。盡識循良推卓魯，却令詞苑説枚鄒。木雁之間果何據，醬水不憎亦不譽。參佐誰當長吏籌，先生且借留侯箸。先生今過平陵城，城下人能説李衡。湖水光涵石屋冷，梅花香賽縣樓清。天子重君活國手，況君更是廉吏後。憶我惟烹陽羨茶，勸君多酌湘亭酒。長安牢落玉溪生，歲晏何堪別杜兄。夜月轉牽天外思，暮雲遮斷江南行。江南千里 湖名，在溧陽。蓴羹味，對酒沈吟增感慰。瀨上或逢吹篆人，山中好訪騎驢尉。君倚吳門望蘇門，萬里風吹碣石昏。他日我來碑在口，爲君更賦圻山村。

淵明采菊圖

寄奴小草綠連天，漉酒何人解醉眠。典午山河留半畝，秋光猶占義熙年。

祖 硯 行

祖硯者，玉衡。諸祖直齋公畜也。硯色青紫，石質滑膩。長一尺，厚約二寸，廣三寸許。窒其底，池狹而不深，蓋出宋元間手製。左偏鎸"天錫氏珍藏"五小篆。先君令汝陽時，於張觀察諱學林公署中覩之，注目良久。張曰："欲歸宗乎？"即遣歸。先君褰致衙齋，位之几席，出則必以自隨。今先君棄世垂五十年，玉衡。懼先業失傳，雅道遂廢，因係長句，勗來者於無窮云。

帝鴻玉紐秘已久，混茫不孕誰儲材。文字嘉祥生有數，地不愛寶石胚胎。陰崖想畫霹靂斧，白日飛走六丁雷。物理所貴韞其采，中含元德清而裁。元氣淋漓坤倪濕，絲絲漏雨蒼雲堆。磨礱秋水斲山骨，奎章製作追鄒枚。元文宗朝，公爲奎章閣應奉翰林文字。映日瑤篇二十卷，《雁門集》舊有二十卷，今僅存六卷。紗帷晝暖熏松煤。帝青呵霧老蟾泣，神光夜夜干星魁。白鵝書法世希見，陶南村《書史會要》謂公善楷書。惜余家不藏片紙。鸞翔鳳翥吳山隈。徐象梅《雨浙名賢錄》謂：公於雨山間多有遺墨。章之采《西湖志》載：公有《遊紫陽洞》詩，行書刻在瑞石山紫陽庵。列仙下讀五雲爛，二雅上揖羣賢哈。斯文不滅石不泐，先靈憑式風恢恢。聖武拓基渾河遠，天眷西北鍾璝才。德大德。祐延祐。衣冠盛廉希憲，畏吾人。馬，祖常，雍古部人。漢廷不數蔡與崔。公之文采應運出，

風華照耀參乾台。斯物義不落他姓，謂非呵護神爲媒。不然豫閩路
脩阻，山川不踁何由回。五百餘年浩塵劫，雲煙過眼淒餘哀。異代終
歸先君有，龍泉能合珠能來。蒼精勁氣敵瓊玖，圭稜歲久遭顚蹐。席
南位置保帖妥，焚香掛畫親隨陪。飽霜討來《松雪齋集》有"大呼討來飛鳴
觲"之句，自注云：國朝語謂兔。吹芒出，墨池飛雨松花開。冰壺玉尺晝
相映，南金龜貝光低摧。河聲嶽色歸麗製，已與祖製材兼該。先君在
汝陽，著有《小雁門詩草》。衡也好古生苦晚，敢以片石招三災。杜陵詩
派吾家事，斤鉏何敢辭耘培。豈必鸜之鵒之眼，豈必龍尾魏雀臺。玉
色金聲寓於此，此正喬祖遺孫孩。當時君臣珍貝葉，六籍且不沈寒
灰。況今士胄軼幽鎬，明光出入藻思催。儒冠有田不餓死，硯田得歲
歌斄秾。便當努力鋤經壠，子孫勿使荒蒿萊。嗚呼！子孫勿使荒
蒿萊！

卷　三

風雨渡揚子江

今日信浮生，風潮駕雨鳴。三山壓帆影，六代走江聲。
莫辨西津樹，如騰北府兵。波濤吳不悔，白水此心明。

吳　高　陵

昔讀謝令表，哀悼念吳下。今過曲阿城，《吳王傳》：太元元年秋八月
大風，吳高陵松柏斯拔。墓當在吳。而《堅傳》云還藏曲阿。莫識高陵者。當
時修漢寢，入雊淚盈把。遺塚犂爲田，舊淚復誰灑。同一烏程侯，興
亡理難假。堅以烏程侯興，皓以烏程侯亡。私奴在墓側，蒙榮向司馬。嗚
呼庚子歲，墓檟可材也。

初到溧陽登太白酒樓

萬里風雲拂劍來，江湖秋水雁聲哀。登樓多病懷吾土，嗜酒伴狂
惜霸才。
更有何人解澹蕩，果然君輩不蒿萊。長庚入夜金天朗，照我飄零
一舉杯。

柳絮春風作雪顛,椎牛撾鼓此樓前。愁緣白髮三千丈,句壓黃花五百年。

吾意愛尋巴子國,君今豈在夜郎天。只疑日逐金貂去,不獨稽山掉酒船。

溧陽三詠

史氏女

抉眼懸東門,苧蘿一處子。伍牙渡馬回,投金金溧女。同是浣紗人,英雄有生死。我亦吹簫來,屏營黃山里。春花落無言,秋月在寒水。問誰鬚眉中,目臆天下士。途窮苟有終,吾行吁可已。

孟尉

五十酸寒尉,半俸嗟何微。鶯花滿春山,日夕忘其饑。騎驢有判斷,射鴨無是非。鞭古世路中,至今念薔薇。可知江海士,迂處正難希。沈吟瀨水上,_{孟有《瀨上迎母》詩。}風吹遊子衣。吾欲低頭拜,心逐白雲飛。

千里蓴_{今千里湖已淤,蓴亦不生。}

末下比監豉,松江配鱸魚。典午清流人,風味正相於。此人一以往,物亦嗟不居。世豈食肉多,肉食菜不如。腐儒水餅腸,食籍百饔葅。斟酌山澗綠,盤杯清有餘。況又生理窄,_{東坡《行菜》詩:"艱難生理窄,一味敢專享。"}吾寧菜根茹。

登 北 固 山

蕭公北顧此名樓，坐攬江南二百州。暝暝黑帆瓜步出，沉沉白日
蒜山浮。大兒古有孔文舉，生子今無孫仲謀。不盡登臨孤鳥迴，廣陵
城下暮潮愁。

遊金山寺次東坡韻

蓬萊飛車如可到，便訪赤松東入海。飄然破浪一舟來，江湖豈少
偉人在。入門試問裴頭陀，須臾變滅幾風波。我生茫茫正配此，江波
定少吾愁多。昨歲北來擊蘭楫，駕浪黿鼉竄白日。春潮直下海門青，
晦景潛燃陰火赤。江神欺我激我魄，戲我一噫吹霧黑。此身在世苦
分明，平地日履洪濤驚。此心無住空莫識，眼看泡影知何物。陡然照
我胸中山，正復一試鐵石頑。人生憂樂殊可已，具飲中濫半甌水。

舟過芙蓉湖同張巒軒遊惠山

烏篷推曉勃鳩呼，綠滿林陰水滿湖。笑指紅帘九龍去，幾人來買
看山壺。

憩 飲 寄 暢 園

乘興來山寺，名園發浩歌。落紅依袂淺，空翠濕衣多。
雪壓欄杆重，石闌外有雪毬二株盛開。泉疑風雨過。不知何者客，
把酒意婆娑。

惠山訪卞玉京錦樹林

鏡臺鈿扇訴飄零,翦就黄絁抱素琴。南渡倉皇餘此恨,江山蕭瑟寫雲林。

小僮買宜壺數種戲作

取沙製茶器,吳婢推宫春。同時無幾家,高手時大彬。宫時今已往,瓦壺猶自新。江南老桑苧,品泉惠山垠。小僮慣我意,酒渴愁及晨。買壺不貯酒,羅列供湯神。謂蜕詩人骨,字字吟風筠。晚甘十五輩,足敵五經醇。唐貢喜在眼,更問摘山人。

宜 興 舟 中

細雨黄昏漠漠花,蝦籠灣口片帆斜。江南泉品吾能説,來試春山陽羨茶。

宜興感賦二首

時無公孫穆,誰云絕交賢。時無朱益州,誰作絕交篇。成子分居宅,謝守割半氈。昔人篤高誼,世路有古鞭。葑草莫瀉井,千里同一天。木瓜況報德,吾謂理則然。

君勿飲貪泉,貪泉無潔涓。君勿過毒溪,毒溪鳥回還。侏儒飽亦死,季女飢斯賢。所以古高士,謝絕胡奴船。鳳凰食竹實,高騫自華鮮。白鶴青雲遊,飲啄在芝田。何必舐丹餘,乃作雞犬仙。

春　燕

　　草長鶯啼客路遥，故鄉何處獨飄蕭。江村細雨吟三楚，門巷斜陽話六朝。

　　桑柘人家迎社鼓，杏花時節賣餳簫。天涯牢落誰知己，形影相依總寂寥。

吳門夏日

　　行春橋外風花盡，銷夏灣頭沙柳搖。已是晚秋愁絕處，吳孃暮雨又瀟瀟。

聞　蟬

　　煩君相警見天真，黄葉西風幾愴神。壯志誰甘銷日暮，清吟我亦在山貧。

　　《離騷》以降無秋士，小雅當時有舊人。臥病空堂情易感，斜陽半樹帶關津。

鄧尉山探梅不果

　　咸平處士白麻履，自別西湖經七年。光福山頭春又隔，天涯惆悵一癯仙。

桐城劉介堂海上遇仙圖

神仙中人不易遇，芒鞋況走紅塵路。掉頭巢父呼與言，蓬萊仙人此中住。

仙人矯掌凌煙霞，蜿幢鸞節青龍車。日君月妃戲金闕，回風萬里流胡麻。

龍眠老人老猶少，華州道人顧之笑。遺書鳥跡五雲開，白鶴數聲海山窈。

龍眠老人遊六通，胡然戲弄榑桑東。鐵圍大千八十反，下視人海塵濛濛。

寶花世界瓊瑤宮，禿髮兒嬉幾老翁。相逢仰天一長嘯，紫瀾漠漠來天風。

除夜前一日回舟吳門二首

便是歸舟亦客身，縱然除歲不除貧。臣來在野勞遷梗，士故無田遠負薪。

已分泥塗淪甲子，可堪哀怨述庚寅。窮郊慈線縫衣密，寸草心驚未報春。

七十勞生過半時，苦吟贏得數莖髭。坡狂已自愁磨墨，島瘦何關不祭詩。

糞帚忽驚亡婢遠，炭廖難免病妻炊。果然愚魯無災難，多買吳兒獃與癡。

45

辛亥十二月七日被酒戲成六十韻

大吕月在塞,時貞大淵歲。齋遬告上清,申旦以書誓。敬謝高陽徒,再拜聖日睿。酒禍罪在康,憑愚亦祠祭。遂興單家獄,羅織我牽逮。邈聖時已中,賁勇豈能掣。病狂及花葉,只欠荷鍤瘞。乾坤空端倪,雷霆失精鋭。昏霧霾七竅,混洞闢一世。自救風輪回,金鎞刮蒙翳。神宇春波涵,心地秋旻霽。始知長生膏,痛絶佛眼慧。陬維口瀾翻,仙語皆醉囈。士必憐麴糵,昌黎詩:"高士例須憐麴糵"。檀弓何起例。衆皆餔糟醨,離騷絶苗裔。不見罰觶豐,中有千秋涕。嗟我無責守,事近小臣斃。陵沈不澹灾,妖氣纏成沴。以額叩天閽,閽者達吾計。雷丁擘斗魁,酒星牢囚繫。青田滅其核,頓遜枯其蒂。莫清狗竇羣,衣冠裂狂猘。此禍匪自今,誰生階之厲。是時夜宇沈,月没衆星嘒。蘧蘧如夢醒,星駕忽已税。謂是九閽官,詔奉九閽詣。虹蜺仗夾排,虎豹關不閉。琅璫殿突兀,墳庭爛迢遰。鵠立朱黄衣,彤雲捧旒綴。帝日昧死上,此事非汝贅。去禮豈有亨,其福不盈眥。萬年酒籍中,一一有譜系。百觚者爲聖,千鍾者爲帝。最下如風狂,其籍皆奴隸。悔狂知咋指,日月有噬嗑。嘉汝制酣身,勗汝以勿替。咨汝往德將,注汝居上第。頓顙謝上恩,摳衣趨下砌。鯤鯨鏗在懸,天語九霄際。旁立者二士,含笑導我袂。詰盤陟月階,宫室出瑰麗。須臾開天廚,仙官整巾帨。華筵倚雲霞,肴核品蘭蕙。白虎吹竽笙,蒼龍行筐幣。薦我鳳凰觴,坐我麒麟罽。二士進我揖,各各吟清製。一云處士星,羲熙時侘傺。謬誤止扶桑,今已理營衛。一日石鱉翁,坦率畏罪戾。折節幕府僚,近絶痛飲弊。觴行過三巡,苦語皆自勵。最後來元夫,爲我叶吉筮。元夫頓頭告,水火日既濟。三年伐鬼方,七日得車蔽。一請繻有衪,再請輪其曳。二士揖賀我,醮甲稱觴繼。我已許元夫,移向梁柱説。三觴我不辭,十觴從此逝。濡首德在凶,元夫執吾契，吾言決不食，附耳星名。聽其諦。

湘雲王郎歸楚取道溧陽欒軒張明府邀之一
見出其箑面示予予固耳熟湘雲者作詩送之

人來六代落花天，正值江南叫杜鵑。尹氏園中吳梅村《見王紫稼于徐勿軒二株園爲作王郎曲》。二株園，一名尹氏園，見《蘇州府志》。驚昨日，庚公墓下惜當年。家分竹色餘湘淚，身入蘭業寫楚煙。王郎善畫蘭，到署給應無虛日。此去鸚洲明月好，十分多在鄂君船。

閶　　門

飛閣何峨峨，吳趨舊有歌。眼看來往客，始信拙閒多。

欒軒招集歌姬自舟登輿遊靈岩諸勝

人生豈合垂垂老，西鄂才人足襟抱。風流文采萬人豪，更借江山洩才藻。平生吏隱五湖邊，明月清風不用錢。少伯浮家當蠡口，泰娘打槳迎門前。飲我百壺無事酒，東風正綠金閶柳。說劍直教虎氣高，探奇便奪龍威守。一時喧笑鴨茵開，鷗鶄飛上姑胥臺。白傳蟬茶臨水出，青蓮鳳管逐波來。來看硯山山日午，霸圖久已迷商魯。休將世界問頭陀，且喜春山鬪眉嫵。春山如畫照眼明，新妝五隊麗人行。比似西湖比西子，誰當傾國誰傾城？地下峨眉起一弔，蝴蝶裙衫兩妖妙。宮草綠牽齊女愁，山花紅妒真娘笑。嗟此美人羅綺場，館娃人去鳥啼妝。花徑夜沈吳苑月，錦帆春斷越溪香。人生蹉跌成宿瘤，東陽懺悔猶腰瘦。百歲蕭齋歎白楊，幾回花底看紅豆。男兒作健且酣嬉，從來仙佛無絆羈。酒肆人閒一居士，元天神女雙妖妃。此即潙山桃花面，衲衣休乞歌姬院。喉囀金簧笙澤鶯，身輕玉翦石成燕。當年珠月與瓊華，十分珠滿玉無瑕。金粟道人詩有債，鐵崖老子醉爲家。此地由來盛歌舞，崑山不數魏良輔。梁鴻墓畔九枝燈，海燕亭前十番鼓。莫待春風怨杜鵑，金樽樺燭木蘭船。急管吹來千尺雨，平波捲入十三弦。如此溪山良不惡，豪竹哀絲動君酌。從今莫唱吳趨歌，歌我一曲江南樂。

和劉介堂白杜鵑花

四月江南叫杜鵑，是誰招此過西川。都將巫峽三聲淚，化作巴陵一抹煙。吳萊《杜鵑行》：南山北山啼杜鵑，杜鵑花發山欲然。千枝萬朵惜未得，中有一抹巴陵煙。蝴蝶花開空有夢，鷓鴣草長又經年。鶴林莫訝紅裳換，不染纖塵是閬仙。

舟中望金陵懷古

牛女輸潮水府開，茫茫天塹拍天回。銅街五馬人南渡，鐵鎖千尋帥北來。

叔寶言愁何日遣，豫州擊楫至今哀。斜帆影落秋江冷，建業西風一雁催。

金 陵 秋 懷

帆影落江樓，江光起白鷗。人來三楚暮，山帶六朝愁。冷雁飛多斷，殘蟬弔未休。斜陽更風柳，不盡秣陵秋。

獨上瓦官閣，閒尋石子岡。酒攜桃葉女，詩付竹枝娘。人物悲劉宋，江山愛建康。中年哀樂感，鬢染白門霜。

雨晴張爕軒招同周金庭遊樓霞山約買宅於山下

擬罷使君三日霖，翠螺咫尺好登尋。天如人意風吹袂，山對吾曹霽在襟。獨鳥下聽黃葉響，老龍都作怪松吟。芒鞋依舊紅塵去，不及歸雲一片心。

踪跡原知是轉萍，不應身便老長亭。鞭絲帽影除驢券，禪榻茶煙補鶴經。南苑水圍陸合碧，東田山帶沈家青。清漳我便中央夾，用《南史》》"張南周北劉中央"語。日看羣鷗戲一汀。

登樓霞最高峯知爕軒先一日至歸賦長句寄爕軒

看山不厭高，散髮上巖石。徑攜傔從行，何用塞驢策。心事一偏提，江山雙不借。邱壑每置身，煙霞久成癖。手揮竹如意，縱目隨所適。滿林霜葉多，秋意最蕭槭。黃蝶寒伶俜，孤光出崖隙。十步兩三休，好景收遁擲。鼓勇躡雲梯，嬰姍頓成躄。危亭望不到，憩息在咫尺。可憐緇塵身，賴此煩襟釋。同虱天地間，平日心境窄。攝山亦平楚，誰是蜀者嶧。探幽如理煩，登高有捷獲。側身送落烏，俛視見飛翩。江南二百州，盡歸吾眼雙。大江帖地底，練影橫秋碧。遠舟不辨行，微濛點帆席。金陵帝王都，佳麗餘淚迹。千秋一鳥過，茫茫水雲白。山僧解送迎，烹泉飲遊客。苦茗涼肺肝，清風生肘腋。所恨到山巔，不得再跳躑。徘徊壁聞詩，名士荊州鯽。未攜驚人句，夕陽對岸幘。歸欲誇張老，不遊良可惜。偶然問山僧，苔痕印誰屐。云有二仙人，昨日飛鳧舄。定然張老至，別無仙來謫。人情有勇往，世路無險迫。習公足非蹇，爕軒時患足疾。韓字指空咋。作詩訂後遊，夢魂掛蒼壁。

金川門感懷

當年一炬照江關，禾黍秋風客淚潛。虎踞從來圖霸地，烏朝淒斷侍臣班。

尚書第宅牛羊散，博士祠堂草蘚斑。七國不平果誰咎，至今遺恨滿鍾山。

方正學先生墓下

南登聚寶山，烏啼白門柳。蕭條禾黍宮，客淚迸巖藪。悲風起木末，亭名，在聚寶山。愁雲暗浦口。嗟昔建文君，骨肉生稂莠。五藩削未終，金川遽失守。一發莫能收，齊黃職其咎。朝廷百萬師，乃授姦謀手。北平三敗還，磔死已悔後。大事既去矣，順門誅增壽。先生負正氣，義不污塵垢。其年革除成，遺恨到高后。投筆仰天吁，涕零主恩厚。奸榜四十餘，芳名列魁首。多事長洲僧，道衍。書種豈木朽。十族瓜蔓抄，七字同勒卣。死禍古亦聞，慘傷此未有。飄零過古墳，撫事悲之久。回首孝陵園，風雨來鍾阜。

鍾山下弔福清林那子先生

繭窩終荷故人恩，先生自作生壙，曰繭窩。歿後，周櫟園爲營葬。風雨傷心白下門。苧帳老愁孤鶴影，施愚山嘗貽苧帳，詳見其詩序中。麻鞋生拜杜鵑魂。乳山客去書應散，先生亂後居金陵乳山，袁漢推輓詩有"娛生書未賣"之句。雲洞仙歸道更尊。紫雲洞在福清石竺山下，林真人元光煉丹於此。一代才名垂後死，松杉長傍孝陵園。

秦淮客舍對菊

九月秦淮水閣頭,離離霜影使人愁。世無東晉陶徵士,客本南朝沈隱侯。

病骨難禁今日酒,好花不是故園秋。從來節物吾多感,風葉蕭蕭更滿樓。

留 別 張 變 軒

俛仰桔槔心事違,知君真厭漢陰機。車蠆未必明趨避,木雁從來少是非。別後夢魂尋草屬,曾約買宅樓霞山下。山中息壤念荷衣。餘生剩有功名在,薄宦琅琊最識幾。

京 口 絶 句

寄奴小草自春風,猶傍丹徒舊日宮。五色雲章何處寺,南徐明月大江東。

過 露 筋 祠

蠹啄仆柱梁,蚊芒走牛羊。匪獨走牛羊,多口勝豺狼。江湖白鳥多,自古所悲傷。云何坐此困,如弦死道旁。道旁得死所,莫逐野鴛鴦。

江 館 即 事

江淮界南紀,日夜向東流。雨氣白沈樹,風聲颯滿樓。寒花猷晚照,病葉畏先秋。涼笛生愁思,歸心未買舟。

蘆溝橋偶成

黄沙茫茫捲枯草,萬里黑風吹馬倒。太行西望白日昏,行人淚墜桑乾道。桑乾道上客衣單,十月清霜一劍寒。塵飯但供奴僕怨,市酤不洗儒生酸,大車班班洛陽賈,前頭插旗後插弩。入門下馬氣如虹,狎酒燕妃走羣豎。君莫嘆我狂,言巴婦懷清。倮朝請刺繡,安能倚市門?

答張燮軒居棲霞

客有誇瀛洲,吾聞掉頭却。平生物外遊,不騎三島鶴。終日談仙廚,何時一飽樂。江南富名山,喜可容瓠落。棲霞最陰翳,夕氣森噴薄。崟峯立脩媠,明媚神出洛。前遊纔一到,耳目返初昨。宛若舊相知,息心謝盧霍。茂林鳥來棲,山木工則度。山人不歸山,松蘿滿秋壑。山靈笑向我,君毋受名縛。不息漢陰機,空負淵才橐。多年真山水,付與人酬酢。相將逐鶴書,邱園多束帛。叶相率交馬醫,郊野少帶索。可惜林木幽,但供猿鳥攫。白雲在山深,泉水出山惡。黨人不相亮,靈修謝媒妁。君今舉臂呼,邀我此棲託。知我息壤在,千里追鷗約。桑麻碧岫邨,沙水秋風郭。落葉無人行,寒林晚爭鵲。北山文可移,囚山賦不作。入鈔葛洪經,出穿何點屩。談麈揮竹根,頭巾裁筍籜。宰相在山中,所貴是天爵。潛鱗避任鉤,飛鳥驚楚繳。人生能幾何,絢絲能幾絡。長揖僧紹翁,申禮誦洞酌。詹尹吾不謀,神龜吾不灼。君且製荷衣,餐霞吾則諾。

題施參戎山水便面<small>參戎，福寧人。</small>

故人翊闔參元戎，飛騄謁帝來都中。過門呼我特相見，握手大笑
驚飛蓬。竭來索米長安走，鄉樹千山別來久。舊疑夫子蓬之心，今笑
支離柳生肘。我憶少年事壯游，出門快若鷹辭鞲。日逐仙兄躡飛輂，
日隨仙姥參龍蚪。故山廿年增夢戀，忽觸故人如眼見。少然索我團
扇詩，猶是人閒山水面。人生好作李西平，一邱一壑幼興情。故人倘
有故山想，何不寫作三十六峯磔磔鳴春禽？

夢作黃蝶詩記下二句因足成之

色映菜花黃，秋影愁蕭索。晚林一葉飛，西風吹不落。

橫波夫人寫小青

籋馬丁當屋角鳩，畫蘭終日坐眉樓。寫生別出三圖影，知有尚書
最解愁。

途 中 寒 食

席不暖者孔，突不黔者墨。而我復何爲，面作鴉翅黑。他鄉佳節
過，花絮淡無色。殘杯已悲辛，更入禁酒國。千里一離家，日日作
寒食。

仙霞關次周櫟園韻四首

黎嶽人居第幾峯，黎山有廟，祀唐建州刺史李頻，明初入祀典。有《黎嶽集》，真文忠公序，見《唐書·文苑傳》。瓣香曾採謝芙蓉。山皆南走雲還鑰，朱子云閩諸山皆北來。水不東流碓自舂。楊億《談苑》謂："天下之水皆東，獨黎山下水北流入廣信。"鶴氅當年遺舊蹟，李頻在《五代題四皓廟》詩有"龍樓曾作客，鶴氅不爲臣"之句。馬蹄何處認方蹤。古樂府："郎馬蹄不方，何處尋郎蹤。"三衢從此通仙路，賴有題詩筆未慵。

壓嶺危關險在途，肩輿暫息任笻扶。礧盤絕頂天分越，勢向平原地入吳。身迴始知飛鳥下，眼高翻覺片雲無。旅懷到此增蕭瑟，莫說西風一劍孤。

蛇形徑轉矗天長，高礙星辰井與張。密箐晝含煙雨晦，靈苗暗襲澗泉香。仙逢採藥多留法，人本餐霞不用方。來往幾看王質局，用爛柯山事。一庵僧臥髮蒼浪。

雞犬人家一綫通，有時咫尺辨朦朧。衣分紫翠來天外，語挾風雲接斗中。過嶺不堪勞劍僕，買舟方欲問篙工。飄飄又向江干去，信是人生雪爪鴻。

卷 四

宜溝驛書壁

櫪馬齕枯萁，夜作风雨響。土室延白光，無眠但搔痒。挑燈起僕夫，短牆殘月上。早涼天气清，马遰息遠想。嗟爾畏途艱，吾生且塵鞅。

湖 城

久已嗟巫蠱，今來弔戾園。老翁上黨隱，丞相小車尊。禍起緱仙觀，祥鐘堯母門。已埋鳩澗恨，何救犬臺言。邑里稱全節，人心且訟冤。可憐病已謐，父是史皇孫。

閺鄉遇風雨二首

嵩雲擁樹失荆山，風暗湖城鳥亦還。一夜黄河挾雨急，愁聲直送下潼關。

還家便合荷煙蓑，萬里何心馬打珂。比似玉溪盤豆館，業蘆聲里感人多。義山有《出潼關宿盤豆館蘆有感》詩。

55

喜見華山成一絕句 十年前夢與舍妹登華山。

入關便擬上全家，潘閬騎驢君莫嘩，身是十年仙掌客，天教證取妙蓮花。

華　清　宮

靈湫氣與玉泉通，十月華清香霧濃。未免蒙塵無可洗。九龍不敵一豬龍。

秋霽望終南山

終南浮濛鴻，碧色天與永。嵌空生陰寒，崖窔露剛耿。九門雲氣昏，萬古蒼容整。巖霜一刻斂，瘦棱轉莊靚，合沓齊雲端，半秦占秋影。飛鳥投遠林，殘陽帶高嶺。恬目得緩趣，齊心納虛境，吾非借徑來，即事已高騁。

曲江絕句三首

翠簾銀牓照花明，白日雷霆走夾城。猶憶中和三月節，水邊五隊麗人行。

一從甘露泣銅駝，天寶餘哀又太和。莫誦杜陵宮殿句，紫雲樓閣亦青莎。

宴罷西園泛綵舟，昌丰人看月燈毬。慈恩寺裏題名姓，李杜何曾在上頭。

彭衙書院對菊 徐少府炯所贈。

澹到無言瘦亦宜，每當秋至每相思。酒杯在世無彭澤，詩骨如君到羲熙。

一擲田園逢笑罕，十年心事此花知。殷勤難忘徐君美，爲政風流見在茲。

蒲裏谷 邠州潘邠老讀書處。

憶昔謝無逸，問詩潘大臨。重陽又已近，好句斷於今。石洞連雲鑰，泉流帶壑深。因君讀書處，風雨幾沈吟。

孟 姜 女 祠

咸陽狼，《洪範・五行傳》：秦時狼入咸陽市。望夷鹿，王介甫《桃源行》："望夷宮中鹿爲馬。"朝市當時可痛哭，且疑坑谷七百人，見衞宏《古文尚書序》，《始皇本紀》作四百六十餘人。未見啼冤有寡鵠。哀哀楚女遠尋夫，灑血崩巖慘湘竹。宜君水激聲背湍，回女山橫眉結矗。斯字恬筆不過秦，情盡孤雌淚一掬。嗚呼萬夫築城萬里，舉築諧聲聲怨訾。驪山徒起阿房灰，哭夫未已哭兒來用白帝子事。

丙辰十月十日過中部恭謁橋陵

帝昔戊巳誕壽邱，樞星繞電虹光流。生而神靈配土德，如虹大螾如牛蔞。垂衣陳倉監萬國，合符釜山朝諸侯。四萬五千七百錄，回斡三古煩神謀。大封奢龍相贊采，胡曹榮猨亦宣猷。授以兵法鬼臾蓲，威以弓矢揮夷牟。鳳麟巢遊虎豹遁，置世已在五城十二之飛樓。相土之馬臣胲牛，邑夷之輅化狐舟。麾馳八極隘萬里，世閱晦朔如蜉蝣。具茨童子去不返，空桐老人何處求。洞天石室雖自好，中黃九品方誰搜。天寒沮冷旌旆悠，蒼山積雪陰雲稠。楚猨跳梁蜀鵑哭，元女之角龍鳴愁。黄沙暗天阻絶塞，衣食不得思南州。况當一歲三行役，突不能黔增余羞。山水誰誇鞍馬福，饑寒莫軫蒼黎憂。参天老柏合再拜，神依正直無春秋。橋山氣壓丈人室，玉衣晨舉遊遨週。攀龍仙人七十二，仙靈豈戀荆山頭。千年不還悲左徹，途迷七聖抛枯髏。天若雨粟可舂簸，雲真如布裁衾裯。伯余緂麻不被後，赤冀有白無秭稃。當年九淖弄刀戟，女魃一下收蛟虯。願帝重與阪泉戰，奮張牙爪熊貔貅。豈無南車出陰霧，應龍絶辔擒蚩尤。更下俞雷究息脈，調護赤子醫瘡疣。齋心重闢大庭館，六合歸八華胥遊。百慮紛如太華旒，二年愧被秦人留。山雲出門思帝德，鄭玄《周禮注》：黄帝樂日雲門，言帝之德如雲之出門。寒門悽惻風颼颼。

清涼山下作

背嵬軍中有真虎，何必席三知潑五。一家婦女盡英雄，戰合貔貅執桴鼓。樞廷老去水雲寬，徐熙花鳥郭熙山。十載铚鍜不掛眼，西湖恨照刀槍瘢。西湖騎驢兩童史，回首二郎家萬里。桂荷倘入汴宫愁，丹心豈付南鄉子。靈崖埋没羽林星，大江東去三山青。

雕陰過扶蘇墓

尺書飛到監軍處，三十萬人淚如雨。黄沙白草愁長風，吁嗟不傍槖泉宫。秦宫子女二十餘，呼天何獨悲將閭。轀輬未出鮑魚臭，持璧使者來平舒。天假亡秦丞相手，丞相輕鹿重黃狗。死忠死孝總死冤，夥頤爲王托狐口。將軍墳，蒙恬墓。相對峙，時見白虹雙飛起。可憐行路嗚咽泉名，扶蘇死處。傷，從茲軹道縛降王。

無 定 河

圍水東奔助滋河，流沙濁浪孰經過。三春少婦青閨夢，一夕詩人白髮皤。畫角連城寒落雁，黃雲壓塞晚鳴駝。只今雪作堤邊絮，笛裏關山客思多。

陪李青園郡伯遊紅石峽

朔方四月當春陽，桃花杏花爛吹芳。簿書屏當喜清暇，搖鞭直指紅山岡。青園郡伯古仙守，關榆所植成甘棠。許我來遊先命駕，相與父老歌樂康。屯田布地明作錦，攢花牧馬驅如羊。百年生聚息征戰，家家瀉酒葡萄漿。石壇樹影移陰涼，湍飛電轉鳴雷砲。風吹翠幔生暮靄，落日未落平沙黃。吾生懷抱多古意，憑高眺遠心慨慷。拂雲東西八百里，三城始築韓公張。牛頭朝那烽堠冷，單于不敢窺沙場。嘉隆之際邊備馳，韃靼部長紛披猖。幸及夫人守邊塞，三王兵柄由三娘。《明史·韃靼傳》：擂克力妻三娘子歷配三王，主兵柄，爲中國守邊保塞，敕封忠順夫人。《吳傳》：三娘子主貢市者三世。紅山貢布起於此，吉能切盡爭輸將。《韃靼傳》：西部吉能及其姪切盡等亦請市，詔予市紅山墩。聖朝中外歸一統，茶馬互市無持防。河東套部畦畛化，《韃靼傳》：河套之部與河東之部不同，東部事統於一套部分，四十二枝各相雄長。安置何用勞方王。方逢時、王崇古處置邊事皆協機宜，時稱方王，見《明史》本傳。往者倉皇頓兵甲，而今遊宴安壺觴。秦箏羌管成妙曲，邊花塞草餘清香。時平不辨血戰處，兵氣銷化回精光，清風洒面若微霜。舉鞭別去謝父老，馬頭月出蟾蜍忙。

和陳恭甫次東坡初食荔枝韻

歲甲寅，余將入都。恭甫疊次東坡荔枝詩韻，凡七首，邀予和作，以事遺諾，四載餘矣。榆陽政簡，清暑無事，檢東坡詩，適得此首。忽忽記憶若前日，急命紙筆和之，聊志予感，不必寄恭甫也。

按摰不得成梟盧，青衫今作霜葉枯。君詩根觸忽在眼，人生歲月如風驅。搔頭索句起袒襦，詩狂安得明璫膚。想君論園多買夏，芳蘭室貯王家姝。王姝十八天下無，騎飛豈到邊城隅。同瓜郊梨亦時設，比於詩句吾豪觕。梅修仙人姝嗜好，日啖三百光明珠。醍醐沃頂詎過此，得此藻思增敷腴。我已胸腸堆塵土，思鄉不必思秋鱸。青衫且爲苦笋脫，即云口腹猶良圖。

邱郡曹以蒿苣野莧見餉

吾來兼吏隱，榆地接五原。邊蔬饒嘉種，恨無半畝園。君實風流最，爲政能刪繁。餘閒理荒穢，煙葉當風翻。昨朝新雨足，芽茁知皆蕃。幽畦披芳辣，秀色已可餐。憶昔柏都督，菜把來東屯。君亦載筐筥，故遣倒芳樽。味含土膏美，氣飽風露存。庚郎二十七，一一傲侯門。萬錢同一飽，何苦食雞豚。杜陵強生事，二物謬輕軒。莧雖出地速，豈冒邪蒿冤。何當拓數弓，非種鋤其根。願爲老農倡，風雨課朝昏。吾民防菜色，藉以砭罍蓀。

自奉先歷彭衙邠鄜誦少陵詩各係一絕句

率府狂歌老，胡然南縣來。平生饑溺意，十口訴人哀。

喜見故人孫，來依舅氏門。高齋定何處，剪紙與招魂。

鳳翔徒步回，邠郊地最下。足繭愁荒山，且借特進馬。

喪亂山川客，蒼茫八月歸。邨看西日落，淚盡北征衣。

綏 州 夏 日

日長文牘暇，官冷屋廬清。密樹蟲喧午，交簷燕語晴。風生一枕蕭，山對二郎橫。忽憶古名將，西南未解兵。

感 秋

衰草平沙出塞行，蕭蕭白髮感秋生。赫連臺下奢延水，一夜東流作恨聲。

蒲城蔡貞女詩

竹柏有本性，少小具奇姿。不假媚時花，榮於桃李枝。君看重泉女，娉婷方守雌。雄飛千里沒，誰復恤其嫠。生不識夫面，死且返夫屍。貧家無金帛，何以竟返之。計成別父母，誓隨米家兒。米家兒何有，勉事翁故爲。姑時罹疾疫，日夕守牀帷。巾幗有正氣，不儻逐鬼魁。里中眾婦女，涕顧相齎咨。謂年方二八。何苦獨寒飢。豈知填海鳥，蓄意口銜碑。年年紡車響，腸斷愁春絲。雖乏返魂術，賴作歸骸貲。六年返夫骨，生死兩不欺。豈借蔡姬琴，彈弦驚別離。豈必姜女哭，灑淚崩城陴。靡他死則已，千載《柏舟》詩。

七　夕　漫　興

　　玉露金風冷畫屏，南來愁見五秋螢。才非服靫名何益，織不成章涕獨零。

　　世路艱難窵一水，人生離合悟雙星。今宵仙會能多少，漏箭休催轉翠軿。

　　銀漢無塵靜不波，鸞笙鳳管喜相過。人閒大有新婚別，世上爭如長恨歌。

　　水挽西流誰洗甲，眼枯南望淚成河。榆林人每逢佳節，婦子聚哭郊外，蓋遣戍者多，而南山之陣亡亦衆也。須知桂殿高寒甚，獨宿姐娥日月多。

樂遊原呂氏妾葬處呂氏成都人。

　　閩蜀相望何處家，返魂知作斷腸花。六如我誦金剛偈，一種豐湖葬子霞。

　　杜陵原畔樂遊園，碧草煙緜認墓門。獨立蒼茫翻弔古，夕陽無限近黄昏。義山《登樂遊原》有"夕陽無限好，只是近黄昏"句。

藏　　佛

　　休屠祭天傳金身，皇興大象稱天神。天堂募開貯麻主，動費億萬迷根塵。何曾布施救苦厄，功不使鬼徒役民。德山撤塑豈無意，丹霞燒佛伊何人。西番佛奴知取足，丈六金身歸一粟。方頤直鼻滿月容，跌坐拈來珠笑顏。掬須彌納入芥寬，脩羅未覺藕絲蟄。吾聞無爲爲法是禪宗,觀心莫妙萬緣空。七寶莊嚴及野邑,吹船鬼國黑罡風。

贈徐研農揚州人。

淮海西來二十年,可堪聽唱大刀篇。少陵老作諸侯客,元祐人高
謫籍仙。

蠶月夜隨幽館市,鷗波春憶廣陵船。請君對酒開束絹,研農善畫。
畫去瓊花一樹鮮。令嗣昨歲入邠州學。

禱雨斷屠酬李司訓

十日大勤雨,薄雲散長風。雷樽不召雷,土龍更頑聾。古人重修
省,精誠答蒼穹。殺伐歸德禮,興雷沛年豐。仍叔歌雲漢,鋗牲明潔
衷。周官列大祝,用幣乃説攻。苟無真實意,芻狗劵牲同。蜥蜴小兒
計已左,鵝鴨諫議成何功。

光　餅　歌

餅有孔如錢,明戚繼光剿倭寇時作,以便軍士行糧。吾閩至今呼爲光
餅。一日與友人談及,爲賦長句,戚將軍久不作,徒使吾效程季説餅也。

讀經莫薄公羊偽,讀史莫笑趙歧亡。生無尺腹可借面,飲噉我獨
誇南塘。南塘起家將門子,身歷行間涉書史。久知腹不負將軍,誰笑
飢來畫名士。當年擊走倭奴魂,不教庚癸呼公孫。帳下未看炊火起,
海邊但見陣雲屯。士飽揮戈甘血戰,眼中個個將軍面。猶勝宿春百
里糧,何須射獵千夫膳。歸爲將軍脱戰袍,凱歌聲激滄波高。兵法果
能操廟算,饌經亦足補戎韜。餅師由來傳餺飥,豈識如錢新樣作。百

63

枚掛杖笑飛蚨，萬貫纏腰可騎鶴。至今見餅猶見君，餅家能說戚家軍。前此已收橫嶼在寧德。績，後來更集王倉坪名仙游。勳。平遠臺前月色靜，公至福州飲至，勒石於平遠臺。往往談君吃君餅。豈惟士卒腸不飢，至竟兒童齒未冷。饅頭祭神想南征，丈人畜眾果能兵。吳市徒誇徽士號，瑤泉空得太師名。吳中有眉公餅，又有太師餅，相傳爲申瑤泉所嗜，見良齋雜說。戰伐流傳佐觴咏，到處呼名不呼姓。斫營每用領詩軍，摩壘有時行觥政。草草杯盤清有餘，最宜割肉亦宜蔬。包餡未妨出袍袖，清談何必爨樵蘇。我生無謀輒顏汗，飽食不曾投筆歎。壯士譚兵續新書，公著有《紀效新書》。儒生品食存公案。嗟令滿地尚干戈，賊營所在斷人過。風雪連天憂餉切，可憐碙道愁疲羸。

陳享三寄示昭陵石馬圖

參墟得歲真人起，帝遣毛龍應時至。房星照漢動麒麟，英衛功倍在天地。星纒寶鉸金雕霞，陣瘢著體開風沙。欃槍迸落掃天□，六龍豈獨拳毛騧。當年降王一十四，司馬北門石像異。奇厖冠服窾窈停，咄苾利苾什鉢苾。神功擒服六馬多，蕭雲若鬼西徠歌。每歎闌闌折金鳳，久隨荊棘埋銅駝。卓哉天骨金門冠，披圖想見芟隋亂。一羊且擊宋金剛，十驥虛誇骨利榦。吾聞潼關鐵不如，桃林百萬民爲魚。汗血還能戰乾祐，精靈猶敵生哥舒，吁嗟乎！開元攻駒冠邊方，國馬半登舞馬牀。九嵕石骨何英武，松鳥呼風金粟岡。

誓城卒 時賊攻城放火，凡經七晝夜。

黑雲壓城黑風吼，疾雷破山墮天狗。金烏匿光翻火雞，火城墨拒愁雲梯。諸侯咫尺不遺矢，白羽一麾創者起。嚼弩煮鎧休問糧，城存與存亡與亡。

洵陽署中送陳忠九妹丈還閩(四首)

寒林楓橘照江洲,荊楚干戈且未休。絕塞河山多戰骨,滿天風雪獨歸舟。平生最暖姜家被,拙宦誰憐季子裘。飢餓無田從古有,抽簪君待水明樓。

舟泛荊吳混碧虛,梅花如雪浣衣裾。一身作客星三徙,萬里還家歲四除。行篋但添樂蒍策,_{妹丈還閩,}寄上彤甥書數函。探懷先出大雷書。蘭陔采去休愁晚,我且萍蓬少定居。

秋風相對仗陵城,_{本庚仲雍《漢水記》。}二載蹉跎憶漢京。_{戊午,予轉}餉來興安,以道梗留,妹丈在西安省城,今年七月始迎來署。淚盡滄桑嗟後死,_{蕃兒即於七月病亡。}身經兵火話餘生。韋郎疾病思田里,杜老關河隔弟兄。君到故山朋輩問,盈頭白髮照江清。

蝴蝶山深長薛蘿,一擔琴劍兩銷磨。地離楚塞烽煙少,詩雜秦聲筑缶多。阿士能文傳鏤管,衛郎如玉比瓊柯。去帆婀娜愁無似,江上離心抵夕波。

除夜宿秦嶺驛

雨雪征途迫,兵戈閒道穿。雞聲荒旅夜,馬足度殘年。一枕篝燈火,三更士銼煙。忽傳前信急,賊騎近藍田。

別洵陽訟堂前柏樹

藹藹訟庭春，清陰洽四鄰。從軍思漢將，芟舍憶周臣。風雪蒼茫意，兵戈浩蕩身。官無倉庾氏，幸戒迫於人。

將歸里口號(二首)

遙飛一盞賀江山，白樂天句。魚鳥猶應識我頑。人盡相傳今已死，布帆無恙忽生還。

楸鞋桐帽紫蕉衫，兩板衡門一柄鑱。從此鶯花醒病眼，散人領取作頭銜。

秦中吟(十首)

白公在貞元、元和間作《秦中吟》若干首，大抵皆規切時事，所謂言者無罪，聞者足戒也。予則意專咏古，以其事係秦中事故，仍題爲《秦中吟》云爾。

平　津　閣

築宮碣石招郭隗，平津東閣爲誰開。金門待詔擢第一，七十老翁牧豕來。西京甲第羅千指，但養歌兒不養士。奴僕旌旄擁綺紈。布被三公食，三起閣依舊，廿年接踵池館荒，屈氂以來作馬廐。

桐　木　人

文成隱食馬肝死，翻遣女兒嫁方士。方士無徵俄大搜，桐人貽禍到泉鳩。神仙自古輕脫屣，築宮湖城空望子。叱缚若非京兆才，犢車黃旐真歸來。

拜嗇夫

園陵樹蘖譜其數，陳留督郵稱虞延。上林禽獸能對簿，何謂嗇夫獨不然。嗇夫拜令天子喜，天子謂吏當如是。嗇夫拜令終不拜，幾何不被嗇夫賣。唇舌公卿不相讓，人間安得張丞相。

遮玉門

貳師將軍無遠謀，李家寵賜海西侯。沙場亂撐兵死骨，關下方懸毋寡頭。黃金鑄印封則已，萬軍何辜棄如屣。沂河縱入玉門關，五原不見邽居水。

章臺街

子孟立朝不踰步，翁叔過宮不轉顧。畫眉京兆章臺街，便面自持馬自拊。議者遂被輕婿名，不與蕭于同際遇。吁嗟乎！太守百謫百不聞，藩車闒過左阿君。

絳紗妓

茂陵豪家外戚氏，衣裾門絕三輔士。逡巡隴漢歸將軍，歸坐高堂擁音妓。手爲將軍章奏工，一門誅戮悲孤忠。罵草豈徒膠東相，上書多愧汝南童。平生好音誇笛賦，西第頌成將軍府。覥顏博得絳帳春，帳前盧生目不睹。

輯折檻

一杯鴆羽剛傳死，仗義久知朱博士。尚方請劍斬佞頭，魂飛殿閣安昌侯。忠君何妨玉檻折，折檻留旌直臣節。不隨龍比死諫君，吾多

67

信友辛將軍。

東 門 餞

仕宦非無二千石，幾見東門供祖席。道旁觀者至淚流，難得公鄉輕一擲。蘇傳廷辱蕭傳鴆，國事吁嗟判今昔。人生病無厭足心，家兒不踏家翁跡。家翁賣金享賓客，家兒覬金買田宅。

薦 石 顯

帝言興瘉薛大夫，君房筆妙天下無。互相薦譽倚鼎貴，世有樹黨顏曾徒。嘉爲將軍宣刺史，相薦不當如是乎。誰知招權不自免，禮義之家有石顯。

長 安 驛

好客不治産，説士甘如肉。長安置驛四面郊，請謝何供供俸禄。一時散棄賓客落，豈獨翟門可羅雀。君不見廉頗失勢歸長平，市道之交天下情。又不見田文背去客三千，盛時争門争側肩。

弔 禰 衡 墓

非關懷刺渡江來，歷歷晴川楚樹開。堰近鸐鷝誰得句，洲荒鸚鵡恨無杯。孔融不薦真知己，黃祖能容豈俊才。猶想岑牟撾鼓壯，誰憐七十二墳灰。

泊舟溢浦口

楚天漠漠水迢迢，人事音書兩寂寥。彭蠡秖今無過雁，潯楊自古不通潮。渡頭鴉起明霜葉，山腹人歸辨雪樵。今夜月明絃語絶，孤舟何處訴漂搖。

還珠門新石獅歌

中天雙闕三獅蹲,黃塵十丈霾朝昏。何年新此屹突兀,仰鼻圓眼髯彭尊。流傳壓勝果奇法,壯士不叱三犀奔。海門五虎豈真虎,控扼咽喉在門戶。自從憑島患孫恩,下瀨戈船不知數。太平天子坐明堂,扶拔桃拔來西方。祈父爪牙自有寄,健兒身手向誰當。鎖鑰之護不在汝,海門豈汝能周防。東南罡風吹海黑,海水倒流柱傾側。蝤像閃屍踞路啼,馬蛟掉尾遮人食。羣妖何止虎豹嘷,安得爾獅拳爾毛。舚舚張眸能一吼,鯨波不動三山高。嗟汝石獅鎮海徼,豆不支三品料。羽林選將總人豪,蟲達封侯非坐嘯。何人親勒銅柱勳,奮身一躍開風雲。當塗方略應多有,威聲寧假石將軍。

題琅琊王碑

紇于山頭雀凍死,君迺開門節度使。爭如鄭五領平章,坐使朱三作天子。大書勒石摩雲天,嗟哉天祐猶唐年。包茅王室稟正朔,柎棘曹州誰劫遷。奉歡元帥頒圭卣,裂土依然舊留後。甘心金帛出東萊,倔首木星犯南斗。招呼鎮海羅判官,杭州咫尺路何難。淮海移檄正敕甲,晉陽棄爵方據鞍。臣節不磨見心赤,帝授軍門十二戟。勳名捧日照海山,乃受開平一封冊。登庸樓上鼓鐘歡,洛下拾遺宴未闌。誰似翰林不奉詔,看天忍淚談金鑾。未幾龍啓自稱帝,喋血宮廷親子弟。入腹終亡王霸孫,轉頭恐笑陳巖墖。無諸故國越王臺,白馬騎來白馬回。孝友可憐一家則,翻令身殞博陵崔。

杏女愛誦昌黎東坡詩句暇輒請爲講解作此示之

髯秦老淮海，愛作女郎詩。汝爲女郎流，偏愛韓蘇奇。問義了瑟僴，摘誤到蟭蚑。昔年誦樂府，便喜木蘭詞。近讀列女傳，解笑蔡文姬。吾也晚舉子，恨汝不鬚眉。有兒覓棗栗，比果誰查梨。安能如杜老，不掛賢與癡。各各見頭角，何妨汝鑿絲。勿言但耳耳，已足慰吾衰。

金源絕句(六首)

遊田刺鉢草風腥，羽衛弓刀集會甯。今日圍場先告廟，大遼不索海東青。

橘袍金甲想南征，立馬吳山按萬兵。誰信軍中占太乙，誤人一曲柳耆卿。

三千女孽沼吳媒，何獨宸妃兆禍胎。君看明昌全盛日，愛王先自紹興來。

臨淄公子老如庵，門禁新開集雅談。煮茗焚香翰墨貴，北兵不見下河南。

長白山高建寶幢，遷俘二帝淚雙雙。南師豈意南埤下，眼見青城又受降。

一代南冠野史亭，白頭無淚苦秦庭。翻城國賊同聲頌，甘露磨碑辨郝經。

輓蘭州太守龔海峯

漢朝良吏即功臣，幕府徵書仗一身。博得千金爭寫范，恨無七寶例平陳。今之管樂誰流亞，事到艱難惜此人。洒向西風數行淚，可憐父老望三秦。入覲後卒於京邸。

述懷示陳甥上桐 丁卯榜易名上彤。

義谿陳氏一十六才子，門才輩出光熊熊。南朝諸劉數安上，聲華掉鞅將毋同。阿桐文筆今阿士，夸詡豈獨瑯琊融。桐乎儀鳳鳳耳聰，緯以七絲行人風。歸昌逸響寫奇律，函宮激徵鏗雷公。笙鏞總備九成奏，箏笛不到三雍宮。毋類我廢吟抱膝，撚鬚羞作寒號蟲。洫圖久重洪玉父，傳衣先愧黃涪翁。水明樓下記三宿，二十五載愁匆匆。汝時未舉今已娶，吾衰安得顏留紅。嗟汝早孤門户弱，深期氣吐平生虹。匪惟向人矜宅相，徑思字汝爲興宗。汝之妻弟吾阿通，五齡汝肯發其蒙。知我艱難晚兒息，此意如露沾蘭叢。兩家世業無別況，冶人之冶弓人弓。急起摩挲雙老眼，榑桑看日東溟東。

《白華樓詩鈔》原跋

（慶祚）自束髮受詩，即耳熟閩中風雅淵源之盛。及隨侍入閩，從吾師檀河夫子受經於郡齋。論交之外，時承詩教。間爲祚上溯《三百篇》，下窮石倉所論次，十二代作者升降流別之大凡，屈指而數；後海先河源委犁然，如示諸掌。及得讀全稿，則琳瑯盈帙，上下三古，縱橫九州，道古寫懷，不屑屑於風雲月露。蓋吾師大雅之材，本乎天植；又生於少谷、能始之鄉，承雁門之家學。胸有四庫，著述等身，出其緒餘，自莫掩其光若此也。抑聞師之官洵陽也，羣寇方薄城大攻，期於必陷。師勵衆嬰城，郎君宗甫齡未弱冠，佐師拊循堵禦，不解甲七晝夜，援至而圍已解。論者謂師保危城，全軍實以濟王師，功不獨在洵陽已也。圍既解，而郎君竟以積勞不祿。師亦以蜀寇北竄，道出洵陽邊境，例坐吏議。力盡於守陴而慮疎於固圍，功垂立而事會有以敗之，此漢武所爲歎李廣數奇也。師既免歸，郎君左右保障之烈，亦因以湮沒不彰。洵陽父老至今嗟悼之。乃師顧絶口不談，發爲聲詩，亦絶無幾微鬱伊忼傺之意。吾師之深於詩，蓋於是爲大。然則扶閩中風雅之輪者，舍吾師焉屬也。（祚）與校師集既竣事，因竊識所聞於簡末，用諗讀吾師之詩者。

嘉慶十八年癸酉仲春下浣受業桂林朱慶祚敬跋

73

白華樓焚餘稿

閩中薩玉衡　檀　河　著

從曾孫承鈺　校刊

卷　五

古今體詩五十一首

伊墨卿太守寄示重修六如亭題詠鈔

蒼葡風香石塔前，佛留尺土辟花田。何人住世三千歲，如夢經今七百年。

咒鉢青蓮原幻相，祇園翠竹總安禪。獨憐謫籍兼巾幗，太守能傳玉局仙。

惠州之後又儋州，噩夢俄驚靖國秋。紹聖四年丁丑，公自惠州再貶儋州，朝雲先一年卒矣。元符三年庚辰，公歸江南。明年，建中靖國元年辛巳七月，卒於常州。玉骨恨添南謫信，香魂望斷北歸舟。

沙光翡翠蠻煙遠，海色桄榔瘴雨愁。多恐廣陵攀紫馬，無人今上合江樓。

題朱梅臣秋林讀書圖桂林人。

憶客昔談陽朔山，恨不兩腳踏屛顏。今朝披圖對我友，恍如身置三巖間。辰山三巖擅桂林之勝。

77

五月炎曦坐蒸甑，非秋颯颯生秋興。雲梯風磴倚亭欄，翠竹碧梧夾三徑。

高情突兀高於秋，脫略時輩無朋儔。歌聲琅然激林樾，葉落蕭蕭風打頭。

比似家山山更好，一卷獨攜見襟抱。吟餘但覺衫袖清，歷歷三巖翠如掃。

何人錯認石田翁，沈石田有《秋林讀書圖》。石田，肥遯士也。展讀秋林意不同。他時奇字搜秘閣，蓬萊吟上東瀛東。

送朱芝圃郡伯入都

兵衛森森晝戰香，女牛星拱使星光。懸壺冰爽槐廳日，判牒風兼柏寺霜。

筆落歐陽爭絹素，政成常袞被文章。二年最記譚經地，聯襟優遊出射堂。

自昔勳書首仲卿，鋒車裝趁菊花程。巒垣有弟稱前輩，臺省諸公話舊盟。

奉詔從容傾藿意，承顏委曲採蘭情。重來父老攀旄節，天柱峰高指會城。

高萬林先生自鏡寫圖文孫晉三同年屬題

有眼不自覿，妍媸憑一鏡。盂鏡視者倒，砥鏡視者正。正倒鏡不知，內視恒獨省。至人外生死，跰𨇤自鑒井。鑒鏡得其真，是真要非影。想當趨庭回，湘灕萬里永。裘劍何清狂，元精光炯炯。意欲齊彭聃，心已無魏丙。凡公未始亡，維摩豈常病。茲理倘不然，賤子願有請。

次霩襟七兄瓶柳山房韻

一片秋雲冷石屏，非舒非卷羃煙青。不須更望山中贈，時有清風送入櫺。

潄愛巖泉老未除，結茅思傍谷簾居。濺珠流沫驚檐雀，洗盡紅塵不染裾。

疏林漠漠見歸舟，浦口潮回水漫流。帆影微茫何處落，白鷗家在白蘋洲。

出關霜信及秋題，客爪留痕認雪泥。落落琴聲君記取，從來未借一枝棲。

樵歌雲養下前山，山徑紆回折幾灣。最是黃昏無限好，溪西紅雨映斑斑。

金波委地落吟邊，疑瀉銀河浸碧天。不用一錢能借客，輞川何必勝斜川。

餅餌風來隴畔秋，油油先作浪紋浮。此生愛踏牛犁出，觀稼亭前對碧流。

風來謖謖到芳叢，已其潮音響半空。坐我蓬萊彈一曲，刺船人去窅冥中。

青能滿郭照光容，膏沐新添態倍濃。知有懸流飛作瀑，明朝春草
纖茸茸。

鉤輈格磔不知名，泥滑聲兼快活吟。樂意相關還對語，丁丁伐木
在山深。

青　花　硯

端溪三岩評硯石，中岩微紫西岩白。東岩青花最上品，藻浸寒泉
流淰淰。
況有鴝鵒活眼睛，前人所重君勿輕。窪空厚底形微欐，出諸宋製
剛婀娜。
試持栗尾濡其毫，中有萬頃泙㴉濤。詩仙草聖硯何與，墨且磨人
老不去。
君謂生結翰墨緣，理寓於石石爲宣。請君開匣吟江花，揮毫灑墨
飛龍蛇。

何述善聽泉圖

山深斷人跡，雲白封樵徑。百丈響飛泉，風松静相應。科頭來幾
時，寂寂坐石磴。恐是焦曠仙，無言獨心證。夕光嵐霧霏，日色林壑
暝。豈惟萬慮空，兼以七弦定。齋心滅衆聞，幽耳滿清聽。所以棄瓢
翁，掛瓢則聽瑩。

儀如兄倚桐玩月圖

斲桐取作琴，指妙寓於音。無琴以息聽，静見古人心。清風招入

袖，明月裁爲襟。華堂燒高燭，弦管蛙聲淫。視此何蕭遠，高松鶴在陰。涼天澹沖照，皓宇杳森沈。憑君試倚聽，上有鳳凰吟。

入漢中過大散關

一帶褒斜閣道長，桂花如霰毳袍香。秋帆寒日來襄沔，雲棧連天限雍梁。

盾鼻功名輸馬客，壺頭歲月屬鷗鄉。山川滿眼興元恨，寫入駄鈴替戾岡。

綏 州 絶 句

靈風吹起綺羅塵，三月鑼聲走社民。二郎神，會每年三月初九日於諸神廟響鑼，名曰"試鑼"，每日數十人各負刀槍旂鉞，隨鑼聲遊廟。一自踏街呼上會，十六日，鼓吹迎神，香花獻戲。二十一日自城內山至南關文屏山繞迎，名曰"踏街"。二十六、七、八等日稱爲正會，四方商賈畢至，每鑼聲起，衆口呼"上會搬花"，名曰"轉山"。搬花齊賽二郎神。

錢舜舉伏生授經圖爲陳恭甫太史題

李叟授書石壁中，生也佹佹十歲童。見《洞冥記》。秦顚漢起歷文景，兒童翻作頭童翁。

結繩十尋萬遍誦，二十八篇星宿同。朝廷求書遣受學，吾道豈比申商攻。

胡爲獨任張恢客，將毋自負智囊雄。生也科跣更祖裼，有似慢客頹其躬。

潁川舊不習齊語，樵之漱浣何能通。經師傳經到閨秀，侍旁少女唇搖紅。

書成縑緗休削簡，不律已造將軍蒙。自茲大師遍齊魯，尚書之教傾山東。

壁書誰僞多奧旨，精一危微皇降衷。晉興奏定梅內史，兩都早傳朝興融。

古文非古今文古，生也豈肯專其功。後來聚訟吁可已，何如尹敏傷瘩聾。

吳興玉潭擅圖繪，能事已見崔子忠。<small>萊陽崔青蚓亦作此圖。</small>嬥嬛館主張屋壁，至今猶仰師儒風。

桓榮車馬稽古力，家傳鳳雛鳳耳聰。濟南娟娟一女子，詣郎吐氣方如虹。

小嬥嬛館二絕句

姓名舊籍大羅天，制作儒臣侍從年。本是校書蓬觀上，却歸福地作神仙。

知君掌記出紅裳，絲竹何妨遍後堂。試問風流張壯武，二龍凝絕守縑緗。

題祝東岩有斐園

粵山主人胸有竹，千竿萬竿戞寒玉。連山盡放籜龍高，有斐之園於此築。

下者深池高者臺，艷有名花幽有木。入林拂袖染空青，選石坐談挹餘馥。

清風明月不用錢，佳氣四時巧含蓄。讀書興到詩百篇，把酒歡餘琴一曲。

清音遥起苔山深，秀句新成奪山綠。倏然意想出塵凡，仙籍由來山水福。

昔時螢火雜鬼燐，今日金缸映樺燭。觀成從此樂者多，起廢誰知力惟獨。

粵山主人此君君，礐砢居然多節目。樂事獨能與衆同，我亦芒鞵來不速。

冬 日 雜 興

冬日何曖曖，負暄簷下倚。南雪不到地，鴉娘咒未已。畏寒閉門居，獨處適巾履。山中聞足聲，跫然亦可喜。向晚北風來，桑柘寒烟起。盎然四體和，濁醪有妙理。

冬日何短短，讀書恒繼晷。悵然思古人，聞雞舞暮齒。愁人知夜長，晚眠亦早起。竹爐榾柮光，瓶笙漸流微。束帶試巡檐，梅香折玉蘂。掃葉呼禿奴，淨室須小史。卯飲不戒酒，吾愛玉川子。三碗沁心脾，茗柯有實理。

招隱山房盆蓮初開

亭亭圓蓋碧浮光，愛伴吟懷落硯旁。檞葉離披翻雨響，竹枝低亞寫風涼。

清心不受林塘暑，得意能傳水月香。何必紅雲千頃遠，數花簾外即滄浪。

李 忠 定 公 墓

　　青衣鬼哭青城月，十年不返青城骨。兵頭老鐵化降雲，世上英雄
但淪沒。
　　嗟公投袂起康王，七十五日何匆忙。只怪人前聞管樂，誰知君側
容汪黃。
　　須公一出此流寓，天意豈應興宋祚。六飛已自狩無常，三鎮何曾
復其故。
　　松風閣外北風哀，猶似金人萬馬來。袍笏當朝戲猰狒，金繒委敵
趨與儓。
　　回首南都西日暮，草白荒原竄狐兔。靈巖魂戀清凉山，棲霞望斷
湯陰樹。
　　一聲白雁起胡沙，茂陵金盌落人家。麥飯欲澆無尺土，啼鵑血漬
冬青花。

西 施 舌

　　水族固多品，一一有流別。加恩錫美名，頗亦聞前哲。獨此大唐
突，食者心慘裂。有識捧心顰，恐不受人齧。酒闌意興濃，此物亦時
設。烟月五湖舟，風情最高潔。既以佳麗稱，難云眉目缺。新歌聽吳
趨，舊事談越絕。屬鏤果有眼，宰嚭先斬舌。千秋若耶溪，浣紗不浣
血。吾欲使門生，易名蚶蠣列。除是烏喙人，心腸豈鐵石。

人日遊彤卣山長招飲鼇峰書院

　　猶記當年硯北身，轉頭瑤圃笑音塵。開樽酒續三元酒，高會人逢

七日人。

　銀燭先燒防有睡，金釵未醉已添春。是夕出如君一見。幾回作達同吾輩，相對成翁兩戊寅。

讀王阮亭寄峨嵋僧頌古十絕句

　能絕見聞般若義，不參文字祖師禪。平生詩法吾無隱，一樹秋香落院前。

送梁芷鄰儀部入都

　君家門才鏘有聲，衆流歸海來崢嶸。藤花主人蘭省客，十月告我燕南行。

　燕南雪花大如席，正馳羽騎星連營。君才用文不用武，豈無范老胸中兵。

　周官軍政歸五禮，欲以秩典凌韓彭。子雍持論好排擊，禮堂深賴完金城。

　藤花歲歲花滿棚，看花對酒詩先成。今也白日照執袂，花雖不語花含情。

　部曹喜逢劉夢得，儒流愁別徐遵明。海蠔如山霜橘熟，新篘缸面濃於餳。

　勸君一杯軒且舞，此行況有龍劍幷。林蓼懷進士同行。到日宮花紅照輦，五雲垂輝光紫清。

　廟堂收兵有長策，南宮講禮歌昇平。

聞兒輩誦瀧岡阡表題一絕句

青州片石自山樓，宮外堆成黃葉蹊。表碑用青州石，鑴立於墓前青陽宮。老去田園情話好，郤從穎水望沙溪。沙溪公故居瀧岡在焉，自合葬太夫人後，即絕意還鄉，樂穎昌山水，退休卜居在於其地。

石　炭

宛渠然山石，出火日光燦。而此黑成醫，冰井不同泮。夷陵有秦灰，豈真劫火散。此物出山陵，則知王德夬。所資沿六朝，今已天下半。彭城自元豐，曾有遺寶歎。下民賴生活，火食詎可斷。童山不傳薪，磊落笑司爟。銀州石板屋，長坑煴夜炭。雪霜抱衾裯，祁寒爲之汗。用同榾拙溫，功配樵蘇爨，況無徵稅及，掏取遍閭閈。烈熖防蕭芝，轉覺離巽僾。吾聞東坡言，鋼刀真可鍜。鑄成奉君王，長鯨斬萬叚。

龔樂君金城夜泛圖

蒲桃千斛瀉來香，羌女如花勸客嘗。明月滿船人未醉，聽風聽水按伊涼。

金城太守海峰先生。本軍諮，猶子家風佩陸離。今日河湟堪載酒，不須名馬買臙脂。

鄭松谷太守白華潔膳圖

東晳詩曾補，非君孰補圖。都將蓼莪意，對此蕚華敷。佐食羅祥鯉，巢庭集瑞烏。六章施粉米，家訓即廷謨。

防　　海

渡海龍符五百秋，王師昔按小琉球。牛皮圍地紅夷遠，鹿耳輸潮赤嵌收。

郡入版圖連屬國，功成將帥幾封侯。閩中耆舊詫新語，水到門前即十洲。

從來防海甚防江，況是都盧俗異腔。毒霧結成高羽蓋，腥風吹到小油幢。

奔營朱裕非輸款，討賊黃巾豈受降。多少魚蠻泣相望，月明吠絶隔花厖。

疇問瘯㾖到大荒，中原珠玉走茫茫。蠻標早已愁徵側，守土終宜任祝良。

剪惡不綱能御馬，敗群勿縱有肥羊。漢家舊日平南將，斧鉞樓船出豫章。

下瀨將軍漢武威，久膺閫寄領戎機。盧循棄島猶傳箭，楊僕專征幾合圍。

賈泊日來關稅罕，米船今自廣州稀。可憐戍婦刀環卜，又看雙棲海燕歸。

刺竹連山嘯暝猿，南荒實有未招魂。當關虎豹牙鬚老，據險黿鼉窟宅尊，

資敵以兵招寇盜，行商無械失聲援。現愁萃作逋逃藪，借箸誰籌答主恩。

武 夷 山 歌

有仙之山不在高，武夷況是山嶙峋。山亦不常依水次，武夷九曲流滔滔。

懸崖蛻骨造化外，仙人豈數安公陶。虛船三竿駕絕壑，溪流何止桃源桃。

避秦已亡鮑魚臭，在漢猶厭乾魚臊。魏王曾此朝仙侶，十三君長環旄旌。

雲裾霞褥幔亭宴，賓雲曲散愁雲璈。有時鐵笛吹石裂，梅花如雪縈珠袍。

晦翁遯翁真人豪，結茅此地仙參翱。山更高兮水更遠，恨不隨翁兮夜夜彈《離騷》。

題王文成公擒宸濠疏後

燎毛兵勢壓江開，十載陰謀旬月灰。威武將軍饒一笑，書生不自豹房來。

跋朱笥河墨蹟卷後

青山待使君，赤松得仙友。荒醒淹千秋，發興始一遘。柏翳古經遺，絳守雄文就。駕辯論宮商，夷堅不悠謬。天慳閟此都，句奇與之

闢，字體倉製先，市妖夜哭又。趨趣面敖敿，蝸匾形峋嶁。嚅睍語箝喉，挺挏肚畫手。公昔視學來，興文古篆籕。睍睍開學徒，佻佻聚童冑。閱今三十年，展讀如卦繇。姜君愛古情，健藥宜標首。君意侔鼎彝，吾用介麋壽。

容膝山房小集

一見裴叔則，使我冗紛删。高士少違例，參軍正閉關。不須驚瘦損，正用起疎頑。取醉無畦畛，羣公肯借顏。

北海樽前客，西江社裏人。酒杯開倦眼，詩卷借閒身。筵是崔侯宅，才兼庾信新。佳篇吟可老，何必漉陶巾。

過　張　忠　愍　墓

戰績東南第一謨，生民百萬望吹枯。麾頭何者千軍事，燕頷翻今受國誅。

帥易以來增二寇，趙文華、胡宗憲。兵連從此禍三吳。芋坑山上英靈在，我亦行間困是夫。

疎影軒遺稿題詞

緹縈稱烈女，爲婦無盛名。孟光果哲婦，爲母無賢聲。三者美德具，文雅追義成。求之女士中，古今誰兼名。恭惟太恭人，家世詠梅清。笄角佩容臭，孝友出天誠。艱難門祚弱，一身力支撐。勿嗟寡兄弟，巾幗有阿衡。及乎于歸後，德功本女貞。挽鹿佐夫子，和態聶嬌嬰。闈訓補庭誥，才子爲名卿。封鮓陶公節，回鸞衛母榮。出其緒餘語，詩品賅鍾嶸。鮑昭呼女弟，班固稱難兄。芳譽播彤管，風儀借釵荆。列之一百五，頌言歸更生。

題馮笏軒陶舫三絕句

閩川名士數輪川，硯史能将樸學傳。輪川輯《硯史》十卷。今日陶君誰共舫，舫居人認孝廉船。

百年文字管興衰，屈宋騷壇孰與追。莫倚一軍矜舊派，祗今光禄有新詩。莘田與雪村諸同社有"光禄坊派"之稱，故其詩云"況我光禄張一軍"。

芒寒每夜出林亭，林亭鹿原別業統歸陶舫中。休訝奎光硯首青。縱使江天雲霧裏，無人不識少微星。

《白華樓焚餘稿》識

　　從曾祖檀河公《白華樓詩鈔》外著述若種，一燬於火，茲若干篇皆灰燼之餘，所幸存焉者也。未及剞劂，燕坡、蘭臺兩從祖相繼殂謝，承鈺心良惻焉。宦海飄零，弗獲公餘爲之檢校付梓，尤用慚恧。近莅武城，公私稍閒，輒命兒子嘉曦於從姪彤處鈔出發刊，都爲一卷，坿諸白華樓原詩之後，顏曰"焚餘稿"，並爲記其崖略如此。

　　　　　　　　　光緒癸卯冬日從曾孫承鈺謹識

荔影堂詩鈔

侯官薩大文 燕 坡 著

著 者 小 傳

　　燕坡公,諱大文,字肇舉,中式道光庚子科舉人,揀選知縣。博學能文,從學者歲常百十人,咸同間,名輩多出其門。著有《荔影堂詩鈔》兩卷,先君子刊而傳世。公與蘭臺公爲胞兄弟,詩名並著,至今猶爲美談云。

　　　　　　　　己未春日從曾孫嘉徵謹帆　時客湘南

卷　上

春草(四首)

千村臘鼓忽爭鳴，陌上春風草怒生。綠展裙腰香不斷，青黏屐齒印無聲。騷人蘭澤驚啼鴂，仙客瀛洲聽早鶯。數片落花憑點綴，邱遲詩句最關情。

耒几湘簾斗室棲，叢生亦自碧萋萋。淵明徑裏蕪將遍，茂叔窗前綠已齊。春入池塘應有夢，門多車轍欲成泥。拈來書帶頻纏束，好把牙籤細字題。

平蕪一望欲銷魂，有客天涯憶故園。南浦幾年拋舊侶，西歸何日怨王孫。羈情棖觸憎生別，驛路低迷長淚痕。縈骨可悲邱隴上，嚶嚶蟲語近黃昏。

關塞連年長客愁，誰云結佩可忘憂。平原煙暖來盤馬，大漠斜陽看放牛。有恨偏留青塚在，無情長傍毳廬稠。蕃童未識沙場苦，日向蕪邊打繡毬。

觀戎行有作

兵强不在衆，訓練得其精。忠誠貫金石，袍澤聯弟兄。孫吴術不正，管葛心所欽。安得斯人起，俾以寄專城。承平日已久，舉國諱談兵。歲餉縻千萬，軍籍徒虚名。老幼雜罷病，不足供使令。戎器藏武庫，毁壞久不更。既殊尉遲槊，豈抵哥舒鎗。以此制强敵，安望訖鯢鯨。將相豈有種，托跡在躬耕。爲我呼之出，努力輔聖明。

昭陵六馬圖

風落楊花飛不起，天命還歸隴西李。鼉聲紫色盡驅除，六馬加勛多可紀。雄姿颯爽若神龍，每逢强敵當其衝。白蹄拳毛什伐赤，騅騮特勒皆英雄。仁杲削平建德死，剗除黑闥催世充。天人駕馭必天馬，酬勛當與褒鄂同。鐵勒十驥皆神駿，縱有其貌無其功。後來玄宗亦好馬，四十萬匹材盡下。玉花照夜本凡庸，張公作頌胡爲者。吁嗟乎，胡雛鐵騎從西來，干戈動地飛塵埃。艾沛明皇馬名。未聞能郤敵，空飽芻豆無雄才。摧鋒恃有精靈在，墳前汗血猶堪哀。千載書圖挂空壁，不與凡馬同蒿萊。會當薦之麟閣上，羣英樂此相追陪。

題趙子昂畫馬圖

昔年讀畫宣和中，畫學政與太學同。秘閣珍藏數百種，萬幾雖拙丹青工。子昂趙宋之子孫，畫馬氣欲大宛吞。箕裘弓冶專家業，揮毫潑墨皆騰騫。肉駿碨礧足猛氣，怒目如愁北軍至。沙場藉此成大功，臨陣真堪死生寄。羡君妙筆超人羣，五花散作滿身雲。寸管直將空冀北，但恨不掃元家軍。君不見，昭陵祗餘一抔土，六馬精靈能報主。

此馬奇傑竟不殊,矯若神龍猛若虎。可憐如許出羣材,俯首竟甘降驕
鹵。披圖對我三歎息,馬乎、馬乎!何不遇王良與造父。

題林那子先生詩後

　　垂老蒼茫痛播遷,五湖何處不烽煙。蘆花未墮紅羊劫,苧悵終憐
白鶴眠。詩入六朝捐楚派,錢留萬曆紀明年。祇今撫卷頻追悼,遺逸
猶堪補昔賢。

題吳梅村詩後

　　閱盡滄桑亦可哀,天教戎馬困奇才。當年詞客歌鸚鵡,今日孤臣
哭草萊。代革須留青史在,名高不許白衣回。自從被詔長安去,閒煞
村前萬樹梅。梅村《哭蒼雪法師詩》:"萬樹梅花孰比鄰。"

夜　起　獨　坐

　　明月浸中庭,莎雞鳴未停。幽人半夜起,獨坐風泠泠。不見露華
白,時聞桂子馨。誰能共杯酒,寄興入青冥。

王文成公紀功碑

　　君王身處九重高,君王身任萬幾勞。式我王度美如玉,翠華何得
輕遊遨。國事凌夷羣小熾,遂令覬覦來宸濠。是時公方撫南贛,仗義
勤王須動衆。書生若不效從戎,胸羅萬卷知何用。三十五日殲渠魁,
中興方召公與共。誰知謠諑妬蛾眉,有功不賞尤堪悲。伏波尚遭薏
苡謗,望諸難免燕王疑。惟公志安社稷耳,豈爲沙場能効死。讀書要

識忠孝字，橫草功名區區爾。大書深刻紀功銘，奇勳雖著歸皇靈，邦
國從茲欣嘉靖。謂爲讖語何不經。碑：公昭我皇靈，嘉靖我邗國。明年嘉
靖入繼大統，當時謂爲讖語。我入鳳池借搨本，鳳池書院王生有此搨本。摩
挲恍若瞻先型。知君年少諳韜略，中山開平忽復作。胸中甲兵動鬼
神，豹房羣鼠俱膽落。吁嗟建文雖幼沖，不似威武將軍之肆虐。金川
守將得如公者，豈教燕子飛入幕，致使一代忠良悲鼎鑊。

醉 歌 行

吾聞楚屈平，衆醉我獨醒。形容枯槁吟澤畔，美人香草空復情。
後視今猶今視昔，莫學楚縶憂思積。攜觴對飲不盡歡，感慨傷時復何
益。況今烽火光接天，樓船橫海相鉤連。耶孃妻子各奔竄，生民流血
如流泉。我欲不醉天已醉，真使英雄長涕淚。何如傾此手中杯，醉斬
蕃酋等兒戲。進我酒，消君憂，葡萄一斛輕涼州。功名富貴不足戀，
但願長醉無時休。君不見，閩粵地僻獟獝驕，天陰鬼哭聲嘵嘵。戰死
白骨成邱隴，更無杯酒此中澆。

> 雪效歐蘇體，禁用月、玉、銀、珠、練、絮、鹽、冰、鶴、鷺、
> 鵝、蝶、飛、舞、皓、素、潔、白，共一十八字。

朔風怒激千林響，吹落雪花大如掌。凌空飄瞥復回旋，清光倒射
生明朗。最宜作勢撲簾旌，忽訝無聲點書幌。掃烹清茗許共嘗，積作
小山誰得上。我今多病百不如，冒寒猶欲穿林莽。正喜今朝陰乍凝，
翻愁明日陽初長。明日冬至。羔裘雖敝堪禦冬，不羨神仙披羽氅。寒
衾半榻供醉眠，濁酒一觴共吟賞。人家怕冷閉窗戶，疊障重帷憑偃
仰。不見關河征戍人，鐵衣如水何悽惘。

聞　雁

一夕西風渡洞庭，南來萬里振霜翎。斜陽楓葉深山路，明月蘆花淺水汀。多難那堪愁裏喚，不眠況復病中聽。天涯尚有思歸客，夜半聞聲恐淚零。

劍　池

化爲龍去總難留，寂寞荒池水自流。歐冶何心成五劍，屬鏤遺恨到千秋。山容慘淡寒烟積，霸氣銷沉落木愁。願闢方塘半畝地，重教鑄鐵斬蕃酋。

待　雪

冷氣壓重裘，愁雲凍不流。風聲驚乍起，酒力定難留。飛鳥投林急，寒梅映水幽。龍公應試手，詩思正悠悠。

漢高祖劍歌

六王已畢四海一，布衣仗劍爲時出。金人十二鑄咸陽，草澤何來三尺鐵。鉏秦滅項建奇功，酒徒中豈無英雄。威加海內憑一劍，論功直與韓彭同。吁嗟！九華七彩^{高祖劍節}。誠足重，不遇高皇豈殊衆。闔閭好劍祇空名，鉤師二子終無用。神奇誰似卯金刀，赤霄鑄就殲三豪。真龍獨惜絕龍種，此劍雖在誰手操。蜀中先主漢馬勞，可憐無計誅孫曹。

買梅花不成戲占二絕句(二首)

千樹梅花倚玉闌,園丁鄭重買應難。若論品格真無價,明月清風一例看。

尋梅獨自步村墟,誰道金錢許換渠。倘使林逋猶待價,安知封禪必無書。

竹 燈 檠

楚人遺我湘江竹,爲製短檠亦不俗。案頭作伴有光輝,師汝虛心料卷軸。漆室忽看星宿芒,能爲白晝延景光。不愁膏火煎欲盡,唯有詩書味最長。清輝熠熠映窗牖,雨晦風瀟長與守。古來碩士與大儒,往往於斯成不朽。憶昔兒時最有情,兄弟數人同一檠。丹荔影中置吟榻,_{余所居舊有荔影書屋}。宵深猶聽讀書聲。嚴親每爲勤剖析,大義微言了可識。只今相隔四十年,燈影猶疑照顏色。嗟餘家世守清寒,鑿壁然薪到夜闌。乃知此本貧家物,貧家得此亦甚難。少年幸勿輕相棄,他時蓮炬由茲致。

蔡節母詩　並序

孺人以避難至郡西,爲太學生周公側室,事嫡黃能敬且和。後周公就嫡外家僑居。己卯冬病歿,稍有所積,嫡外家以爲己有,似有意以難之者。蔡不敢校挈,三孤獨居一室,以針黹度活。三子成立後,迎嫡同居,益加禮敬,今年六十矣。奉旨立節孝坊,祈余作詩帔之。

太姒今不作,婦道誰能完。爲嫡原不易,爲媵良獨難。讀詩至江汜,撫卷每三歎。孺人本望族,幼婦詞可讀。避難依周家,衾裯敢辭辱。職非中饋主,代勞忘櫛沐。敬事常小心,猶恐傷和睦。所處實艱難,所守惟恭肅。但願夫常存,此身總有屬。誰知事不然,竟至失所天。甘心同玉碎,無意效珠圓。三孤猶在抱,身死兒豈全。承家得肖子,乃可對窮泉。苦志誓與守,相期到白首。嫡自依外家,妾別成井臼。操作無停時,未足謀升斗。寒餓素所甘,勞苦身曾受。所期兒長大,析薪能荷負。併力持一家,同心事兩母。孺人存此志,今竟能遂意。抗節金石堅,終爲神所庇。<small>孺人一夕夢一丈夫,赤面長髯,如武聖像,曰汝苦節勵志,我憐汝,當庇汝。</small>峨峨節孝坊,恩榮上所賜。兩字壽山河,一心照天地。我愧風人才,詎能成雅製。心欽冰雪操,作詩用勵世。

戰國四君子詠

信 陵 君

信陵賓客盡賢豪,下士何辭執轡勞。計合雙符收晉鄙,兵連五國走蒙驁。六功自足酬湯沐,晚節惟應醉濁醪。富貴不驕今代少,一生氣義斗山高。

平 原 君

公子方思結俊雄,美人未許笑疲癃。囊中不早知毛遂,門下無因識李同。卒陷長平誰執咎,躬扶輜矢仗成功。孫龍白馬徒邪說,緩急何能爲效忠。

孟 嘗 君

雍門一曲斷腸聲,已代田文妙寫生。衣舊倉虛須早計,夕憎朝愛本同情。馮驩燒券差強意，樂子馴烏亦好名。薛縣至今鄒魯異，何因風俗不能成。

春　申　君

春申建策奠宗祧，太子南歸志已驕。誰道君才堪佐楚，豈惟臣智不當堯。全家骨肉傾雙女，半世功名博一梟。呂相奸貪同受戮，人生幸事可頻徼。

夏　　雨

林表忽瞑色，蕭然秋意生。雨飄千點沒，天劃半邊晴。昏曉陰陽割，炎涼氣候更。眼前俱幻景，萬古托深情。

梅　　花

閉塞成冬冷氣侵，梅花千樹獨寒禁。江山得此乃生色，天地因之能見心。憶昨尋香頻問鶴，衹今對月復橫琴。清脩我亦神仙骨，孤潔還應結賞音。

葉芸卿先生名敬昌得蜂一窩作詩相示戲書長句奉贈

東坡性不耐芳醴，詩誇蜜酒甘如薺。西蜀道人有祕方，蜂爲耕耘花作米。坡句。先生詩句比東坡，酒腸何止百倍過。苦無妙手成佳釀，天遣羣蜂聚一窩。呼童亟爲搆環堵，蜜官從此依樂土。寄身差擬蚍蜉宮，摘豔頻來梅杏塢。頤園先生園名。花卉清且妍，抱鬚飛去日亭午。蠟塞疊成數百層，蜜房紛列幾千戶。乃知欲得一日甘，定當不厭千日苦。嗟爾微蟲本無知，區區亦足以報主。主人作宦三十年，歸來沽酒無酒錢。白衣即是金翅使，縱少秫田有花田。從今詩思定不枯，朝朝花底催提壺。我欲顛倒東坡句，醞釀縉紳成老夫。東坡《蜜酒詩》有"醞釀老夫成縉紳"之句。

七 夕

瓜果星壇乞到明，豈知巧自苦中生。牛郎舍耒苗難長，織女停梭錦不成。總爲閭閻絲粟計，翻教夫婦別離輕。千金一刻惟今夕，管領香奩太薄情。

古 劍

土暈銅花質不侔，橫腰此足奠金甌。沉埋終古悲干莫，光彩千秋射斗牛。若把鸊鶘勤拂拭，定教魑魅泣啁啾。生來本是堅剛性，百鍊難爲繞指柔。

贈劉芑川甥 名家謀。

生不願封萬戶侯，腰懸金印頭垂旒。但願天涯知己常聚首，金樽對飲無時休。劉郎與我爲甥舅，天下共推文章手。王融抱負頗不凡，孝綽何曾落其後 。君家書樓高百尺，拔劍高歌動四壁。是時月白天無雲，對面蓮峰色凝碧。樓面北與蓮花峯相對，余曾與甥讀書其上。豈知照合復照離，月明猶是人已非。我滯閩南君薊北，公車五上無人知。甥五上公車未售，甲辰大挑二等。現爲寧德教諭，今又調臺灣，明春方行。才高反遭俗眼白，數奇徒使我心悲。憐汝一官羈嶺表，相思每夜夢魂悄。愛汝新詩風格高，昂藏氣與秋天杳。定當留此萬古名，何愁知我一時少。海雲漠漠海水腥，春風一舸萬山青。滌去胸中千壘塊，狂吟真可凌滄溟。丈夫意氣貴豪爽，此行諒不傷飄零。蠻鄉人士率頑悍，大雅如君真典型。明冬我亦燕京去，北雁南鴻渺何處？兩心不隔兩身暌，空向海天望煙樹。祇今白雪照江山，有酒不飲待君還。擬學少年長夜酣飲倒糟邱，向來悲歡聚散付與水東流！

山 齋 冬 夜

山齋夜迢迢，漸覺衣裳凍。止澆酒一鍾，不作琴三弄。殘雨滴深更，孤燈照冷夢。倚枕猶未醒，忽聞窗鳥哢。

歲晚偶成（二首）

矯首天涯暮色催，不堪重聽雁聲哀。心驚共被人千里，目斷雙魚日幾回。客思倘隨臘雪亂，夢魂好趁浙潮來。蘭臺在江東已三年矣。燈寒窗冷裘如鐵，愁絕空拈濁酒杯。

禦冬各有稻粱謀，度歲惟餘水一甌。看劍未能消壯志，著書翻欲得窮愁。冰霜滿地芳俱歇，松柏參天翠獨留。不向圍爐尋熱處，買舟江上狎浮鷗。

冬 夜 書 懷

明月如人意，清光漸入懷。忍寒當户坐，把酒與梅偕。風急吹愁緒，心飛落水涯。相思不相見，辜負此宵佳。

嚴 子 陵 釣 臺

　　嚴陵曾此坐垂綸，咄咄高風絕等倫。早識狂奴猶壯態，可知天子不能臣。他年烏喙悲晞髮，萬古羊裘有負薪。至竟雲臺仍在否？釣臺依舊俯江津。

孤山觀梅，白蘇二公堤在其下，因亦得縱觀焉

　　昔聞孤山梅花好，雖欲從之愁遠道。不接以貌接以神，天涯何必窮搜討。今從閩嶠到餘杭，登山卻喜春尚早。花開雪豔光四照，空明恍似遊瑤島。惜獨不見種花人，對花凝立空傷神。香魂一縷呼欲出，此花疑是未了因。冰肌玉骨俱清絕，孤高孰與相爲鄰。白蘇二公官此土，築堤山下功尤普。錢塘八月怒潮來，民居百萬欣安堵。浚湖引水溉良田，至今其地稱膏雨。乃知出處各不同，高風偉績俱千古。安得龍眠妙手筆，爲繪兩圖供快覩。

西 湖 鄂 王 墓

　　偶步西湖上，嵯峨古墓存。江山留俠氣，花鳥泣忠魂。鑄鐵難消恨，揚波欲洗冤。于公墳咫尺，遺事合同論。

葛嶺訪賈秋壑遺址

　　北軍萬騎蹴南陲，誤國平章總不知。開闥面臨和靖宅，憑樓俯矙子瞻祠。君之出處羞前輩，事有回環悔異時。至竟木棉庵畔路，行人惆悵讀殘碑。

旅 夜 對 月

月不遣愁去，愁還隨月來。五千里路歸不得，憑軒獨看月徘徊。月邊隱隱簇金碧，員嶠蓬萊去天尺。中有仙人飛羽觴，猩猩之脣雜熊白。交梨火棗堆玉盤。一食萬錢何足惜！喧呼歡笑忘宵長，豈識天涯有孤客！吁嗟爾月光爍爍，一半照繁華，一半照冷落。

過 揚 子 江

大江流不息，浩蕩入新秋。波蹴三山動，雲凝六代愁。人存傾覆意，生與鬼神謀。逝者如斯矣，能無百歲憂。

五 人 墓

愁雲漫漫對吳城，白晝沉沉失大明。緹騎如飛云鉤黨，寒宵慘慄銀鐺鳴。衝冠髮立壯士怒，眼底豈識毛一鷺。一呼足褫奸黨魂，濺血淋漓若飛霆。詩書掃地無一存，何人捨命來訟冤。獨拼一死昭公義，不似軹里酬私恩。劉瑾操戈猶王振，委鬼猖狂威更震。朝廷不自惜忠良，市井猶能誅奸佞。我來塚上酹巨觥，五人雖死仍如生。吳山從此增俠氣，不教慷慨讓幽并。

虎 邱 燈 船

虎邱山月一輪秋，虎邱江水如潑油。畫舸聊翻鬥燈火，燭龍銜焰來拍浮。窗開六扇通內外，綺筵羅列招朋儔。吳娃越豔逞顏色，任人戲謔無嬌羞。樽中美酒多且旨，爲郎獻客爲郎酬。願郎亦似光明燭，照得儂家心裏愁。愁看江月欲傾墜，歡合未已生離憂。郎言此樂猶可續，明宵再作今宵游。君不見，大江南北戶漂流，茅船夜哭聲啾啾。

項 王 墓

學書學劍不成材，子弟八千渡江來。坑除暴秦身亦隕，美人駿馬安在哉？書生未識興亡事，徒憑胸臆生議論。孫心才不及羣雄，冠軍豈足當重寄。蘇東坡謂項羽以弒義帝、誅宋義失人心。若非九戰破秦兵，西楚霸業無由成。獨惜一國無雙士，付與隆準爲千城。范增才亦蕭曹比，棄之孰與成功名。中原逐鹿俱千乘，用人遂足操全勝。況復仁暴各不同，項劉成敗從茲定。殘碑剝落魂無主，斜陽白草歌樵父。吁嗟，雖未成龍亦如虎，黑色小兒豈其伍。《新唐書·李密傳贊》：密似項羽。

翰林文忠公

聖主龍飛寵眷新，逐臣感激已忘身。功名南宋李忠定，籌策前明王守仁。四海婦嬰諳姓字，九夷君長慴威神，酬勳俎豆周天壤，千古南閩一偉人。

憶歌者鄭郎

舊年曾與醉葡萄，歸去來兮興尚豪。正是滿園春色好，櫻桃花下憶櫻桃。

得蘭臺弟家書,勸余少飲,
並詢近有作詩否,賦此答之

男兒生世間,所志誠遠大。讀破萬卷書,出與風雲會。苦吟吾不為,沉湎亦知戒。憶昔少年時,文酒會有期。英豪聚一室,朋輩皆吾師。同甫志慷慨,陳學尹。縱橫騁文詞。崑山玉一片,皎潔競無疵。葉公好龍者,葉蔚穀、紀六昆仲。捉管如風馳。孝標詞亦妙,劉本傅。文通筆更奇。江桐坡。爾曾與其列,與眾分鼓旗。高吟出金石,崇論列虞羲。方期為世用,豈料數終奇。十年人事變,儒冠時所賤。刀筆如張湯,盈庭乃交薦。懸榜鴻都門,多金得簪弁。士也生斯時,真堪焚筆硯。爾幸列科名,官小復閒散。問年將半百,家室不遑戀。蘭臺取鄭氏,逝後,繼室陳氏,至今未娶。六載羈他鄉,思之淚如霰。以茲甘棄置,世事遂無意。懷抱不能伸,長歌抒素志。遭亂少陵窮,傷時阮生醉。不然此區區,豈其情所寄。人生不逢辰,古今同噓欷。去年到長安,憐爾作客單。每攜一壺酒,與爾強為歡。今年又遠別,誰勸爾加餐。相思不相見,令人摧心肝。爾盡懷樂土,衣冠挂神武。招邀同志人,酣飲忘賓主。一醉不知愁,對床話風雨。

落花(四首)

薄命如花劇可傷,也曾吐豔也生香。摧殘不怨三春雨,蒼蔚猶留一樹芳。漫憶枝頭披錦繡,從今水面煥文章。縱教風伯吹噓力,豈逐天涯落絮狂。

東風飄蕩欲何依,一片芳心識者稀。有恨長隨遊子騎,多情還點美人衣。繁華曾與承朝露,寂寞何當伴夕暉。未免身輕難自主,已將低墜又高飛。

　飄紅霏紫各成堆，蜂蝶紛紛去復來。未必香多爲汝福，從知色姣
被人猜。艾蕭竟得承恩久，蘭蕙翻教任意摧。縱是殘英堪結佩，莫將
芳質委塵埃。

　榮落原知有數存，飄零何惜滿籬根。倘披禁苑應生色，縱辱泥塗
總不言。思婦樓頭空惹恨，騷人江上欲消魂。東皇若許回春意，燕燕
鶯鶯亦感恩。

頤園八首_{葉芸卿先生所築。}

　賢守南歸日，幽居屏物情。民間歌有袴，聖世忍棲衡。欲繼二疏
跡，因忘五馬榮。閩山烏石接，_{閩山在頤園中，乃烏石之枝。}勝境本天成。

　光禄吟臺篆，何人運斧斤。斑因秋蘚蝕，瘦欲古釵分。郡守登臨
數，山僧應接勤。<sub>宋程師孟以光禄卿知郡，嘗遊此寺。石刻“光禄吟臺”四字。
師孟詩：“永日清陰喜獨來，野僧題石作吟臺，無詩可比顏光禄，每憶登臨卻自
回。”</sub>風流誰繼起，黃許筆凌雲。_{黃莘田、許雪村俱住光禄坊，詩稱光禄坊派。}

　傑閣千層迴，名園十畝寬。腳穿雲磴滑，背倚樹根寒。俯仰胸懷
曠，高卑位置難。會當書賣盡，賃此縱奇觀。

　偶涉俱成趣，頻游更有情。蝶衣沾雨重，蛛網點衣輕。堂鏡塵開
朗，床琴風入鳴。還思邀静者，相與細推評。

　彝鼎存三代，圖書半六朝。人原敦古處，博亦似孫僑。蘭蕙芳堪

挹，松筠節豈凋。閉門尋樂處，勿使近塵囂。

密蔭遮紅日，炎天尚覺寒。竹中看博奕，石上列杯盤。如此消長夏，何人不盡歡。還教開臥簟，一夢到更闌。

星月映樓臺，幽人每獨來。登高無我伴，作賦有誰才。列嶂青三面，深林碧一堆。瓊瑤裝世界，何必到蓬萊。

六載居茲地，爲賓實主人。予就館葉家已六年矣。詩書成我老，花鳥識吾真。顏抗終多愧，蒙求不厭頻。林林排玉筍，料可拔凡倫。

長　相　思

長相思，在洛陽，欲往從之雲水長。清秋一望不可極，只有南雁隨風翔。君惜別妾木葉綠，妾今憶君木葉黃。木葉黃猶可復綠，朱顏凋謝難再芳。如何不早歸故鄉？長相思，空斷腸。

憶劉旭軒名春暉。

文酒交深二十年，卜居難得地相連。傷離欲忘三更漏，作客還愁萬里天。余己酉北行前一夜，旭軒話到三鼓，不忍去。更恨歸來同伏枕，忍教棄我入重泉。余次年六月到家，旭軒已臥病不起，餘亦病瘻，無由一見也。墓門誰掛延陵劍，宿草蕭蕭涕淚漣。

郊　行

偶步城東郊，憩息松閒石。曠然淡我懷，杳與塵俗隔。木黍藹春

和,牛羊下日夕。野老荷鋤歸,身勞神不役。去飾乃見真,無營斯自
得。飯罷即高眠,傲彼名利客。

登城南樓

獨步南樓上,清秋一望明。穿雲雙塔健,落日大江橫。地險原難
恃,天驕尚未平。何人司管鑰,要在矢忠誠。

吳魯庭孝廉八裘徵詩(二首)

延陵清節久猶新,遠紹名賢仗此身。舉孝舉廉欽夙德,成仙成佛
證前因。三山舊結耆英社,一老留扶大雅輪。魯庭與郭蓮渚、梁芷鄰、曾
霽春諸人同社。定有駐顏丹九轉,願陪杖履識天真。

瑤草齋前結搆精,談詩讀畫足平生。中林蘭蕙本清品,滿座筠篁
無俗情。魯庭繪左右筠圍圖。宅近西湖春不老,樽開北海醉長庚。魯庭
好結客。年過絳叟神猶健,瞬聽蘋笙又鹿鳴。

偶　　成

中原喪亂正愁予,籌策何人慷慨舒。經歲干戈猶鬪蝗,兩河戶口
半成魚。時無管樂功難就,野有夔龍遇竟疎。匣劍通宵光照斗,攜來
付與酒家胥。

哭芸卿先生(二首)

聞道君長逝,猶疑在夢中。方期同歲暮,何遽隕秋風。時七月白露

後。海內誰知己，人間無是公。私衷尤感激，有過賴渠攻。

論交將十載，追憶不勝情。對我傾肝膽，憐渠若弟兄。鼉蜑常倚負，詩酒見平生。宵夢分明在，冠袍骨骼清。昨夢先生冠袍相見。

歸　雁

遠從薊北赴閩南，羽鍛音凄路未諳。定識獨行艱雨雪，誰憐瘦影照江潭。荻蘆已老棲難穩，藜藿雖允食不甘。聞道羅平妖鳥惡，長途總爲汝憂擔。

放　燈　詞

憶昔仁宗全盛日，四海升平物充溢。豐衣美食尚贏餘，每遇芳辰樂非一。上元時節鬪花燈，剪彩縷金各矜能。白鷺穿花隨波去，黄龍吐水欲雲升。鼇山燈棚列幾處，燃炬千枝光如曙。銀簫金管動地來，聲聲飛入彩雲去。呼羣招侶踏月行，此身如入不夜城。茶坊酒肆客常滿，年豐自覺金錢輕。事雖侈費不可長，閭左充盈亦可想。熙熙皡皡登春臺，太平無象此其象。三十年來人是非，飢者無食寒無衣。衢巷不復見歌舞，燈寒月冷遊人稀。吁嗟乎，男耕女織無膏火，誰是宴遊放燈者。

得蘭臺南歸信（二首）

驛使清晨鯉信傳，書中報我欲南旋。記曾聽雨聊床話，屈指於今又四年。庚戌會試，余自福州赴都，蘭臺自南通州赴都，住福建會館。聽床夜語，憶之惘然。

人生易過是年光，莫憚歸來驛路長。料得下車相見日，不堪雙鬢各成霜。

贈鄭晴湖妹倩儋州 名蓮坡。

去年別君榴花紅，今年憶君柳葉濃。人生聚散萍在水，蹤跡正似泥上鴻。我聞儋州古蠻地，東坡南謫嗟途窮。民刁俗悍不可訓，非有良牧不爲功。清名可致齋錢叟，惠風遂及騎馬童。乃知物生各有性，至誠自與相感通。我今已絶宦遊想，出處與君百不同。日長只可飲醇酒，恨無同輩開心胸。有妹十年不得見，途雖未遠難相從。側身南望歸何日，青山渺渺雲重重。舊東約我孟夏末，來看老母黃髮容。卯君亦有南歸信，歸期須看霜中楓。豫留佳釀作團飲，此樂真是千載逢。惜君羈身在嶺海，無由知我傾香醲。

卷　　下

題講易見天心圖 簡片玉小照。

吁嗟亂離爲已極，何人再使乾坤闢。微君把卷啟頑聾，天地之心幾乎息。山中作伴竹與松，披裘靜坐通玄默。圖中所畫如是。太極妙蘊近在茲，數點梅花一卷石。

哭芑川甥

亂離憂未替，汝訃到吾門。懷抱空如許，艱難孰與倫。干戈遲旅櫬，弟妹望歸魂。朋輩年來盡，還悲白髮存。

荆軻匕首

燕丹怒欲誅秦虎，匕首殺人不爲武。百金買向徐夫人，付與荆卿攜入秦。荆卿素不講劍術，祖龍未死先殺身。田光老子識亦淺，不知世有魯句踐。名娃寶馬換此人，鹿盧可負終難免。吁嗟乎，易水西行無返時，榆次之遊吾已知。

高漸離筑

燕市招來屠狗客，對酒悲歌氣逾激。風聲颯颯築聲哀，阻道賓朋衣冠白。慶卿入秦不復回，怒擊十三弦欲摧。更名變姓雜傭保，目雖被矐心未灰。擊築復擊築，築擊不能中。志在復朋仇，千秋爲一慟。吁嗟乎，古人交誼重若斯，石泐金寒志不移。君獨不見高漸離。

東　郊

偶步東郊外，纔知春色深。鶯花撩倦眼，山水靜人心。荷篠者誰子，長歌入晚林。逝將屏城市，住此任登臨。

清　明

水村山郭媚晴天，寶馬香車簇錦韉。門似陶潛垂碧柳，人思介子禁炊煙。衰顏怕與春俱老，嘉會歡多醉欲仙。不見蕭蕭松柏路，一盂麥飯墓門前。俗以是日祭墳。

秦樂府四首
築　長　城

長城高，去天咫。長城廣，萬餘里。天下丁男被役死，山東諸侯干戈起。胡不亡秦秦自亡，遣卒備邊邊事忙。窮兵黷武勤遠略，豈知禍患在蕭牆。城高不可憑，城廣終致敗。吁嗟乎，宗子維城出監軍，汝有長城汝自壞。

成 阿 房

咸陽宮中火光起，廩臺之後乃有此。商辛炯戒垂千秋，秦政胡爲蹈其軌。紫宮縹緲凌青天，閣道直抵南山巔。木蘭爲梁玉爲闕，千門萬户窮雕鐫。文王豐□武王鎬，虎視龍興各異道。輼輬一去不復還，宮殿離離長秋草。吁嗟乎，汎海求仙事已休，不死阿房死沙邱。

丞 相 獄

丞相相秦專行戮，何人更理丞相獄。太阿三尺歸邢餘，空向咸陽市上哭。斯也上蔡一布衣，遭逢世會邀主知。燔除詩書愚黔首，滅棄道德尊吏師。宦官誤國古亦有，大臣與比亦可醜。縱非秦法在必誅，皇天特假趙高手。君不見飯麻修道鮑邱生，與世無求人無爭。

齋 見 廟

宦官弄法欺幼冲，胡雛身死望夷宮。子嬰嗣立當見廟，乘機殺卻王關中。密謀祕計誠不測，豈知天已奪其魄。三朝盤踞根柢深，誅之獨不動聲色。當時人不食秦餘，肯教孺子留偏隅。賈誼《新書》云：借使子嬰有庸主之材，僅得中佐，山東雖亂，三秦之地可全而有也。四十六日奉符璽，金甌已僕誰能扶。君不見沛上布衣提三尺，天命入關取圖籍。

月 下 獨 酌

月墜酒杯中，清光澆我胸。我胸無宿物，如月懸碧空。懸空月色伴人醉，醉後惟應抱月睡。予懷耿耿夜沉沉，還邀明月相照臨。願灑胸中千斛酒，散作人間三日霖。

山 中 訪 友

清晨登碧山，訪我意所慕。紅日初依巖，青林猶濕露。行行路恐迷，依依樹可數。人語白雲間，欲尋不知處。

秋 夜 讀 杜 詩

窗外風兼雨，啁啾如有聲。因吟杜甫句，忽覺鬼神驚。影入秋燈瘦，悲添白髮生。清商何處動，助我不平鳴。

荔 枝 歎

南天六月炎威共，避暑人多入潭洞。冰梨雪藕挈相隨，丹荔尤爲時所重。吾閩作貢物無多，佳品唯茲勝於佗。要使色香俱不變，飛車奔鶻如投梭。宣宗皇帝憐赤子，特下詔書不需此。千秋舊例一朝除，儉德真同酒惡旨。從茲散落滿人寰，火繖纍纍都市間。興郡所生稱上品，百錢可買亦非艱。舊歲仙遊遭兵苦，宋香陳紫委泥土。田園千里盡爲墟，誰校蔡公荔枝譜。楓亭一戰更倡狂，使我軍民氣不揚。可憐灰滅三千士，何外芳尋十八娘。_{去秋楓亭之敗，賊暗藏火藥，我全軍爲其所焚。}至竟寇氛猶未戢，調兵籌餉不暇給。安得更似太平時，擘荔晚廊風颯颯。

閱苕川詩有慨

修士困亂離，才人日陵替。茫茫宇宙間，此身將安寄。爾昔少年時，負質最穎異。典索恣搜羅，邱墳供覰記。作賦比揚雄，知書似到溉。青松短小姿，已有千霄志。圭璋未琢雕，料是非凡器。弱冠登賢書，青雲可立致。誰知九折阪，監車躓騏驥。五嶽方寸中，鬱勃不可制。發之爲詩歌，往往愜人意。奇屈含變化，精醇乃恣肆。天不假之年，賫志終荒裔。千秋臺鳳閒，名與星斗擊。芑川教諭臺灣府屬，聲譽甚著，大僚愛其才，特留任。癸丑夏終於官署。嗟予樗櫟材，深山久留滯。饑寒不自保，空悲日月逝。豈無干祿思，乘時期利濟。所虞豺虎多，出門皆險巇。素性矧暌孤，未能媚權勢。寥落遂至今，長爲時所棄。平生寡交游，惟爾同聲氣。自爾與世辭，稀爲心所契。沉飲聊自遣，高歌破愁思。世人豈我知，謂我甘棄置。寇氛遍中原，舉目荊榛蔽。愧無靖亂才，安敢遂忘世。

九日登于山

九日登臨倚帝閽，上有玉皇閣。妖氛流轉滿乾坤。黄花羞折簪蓬鬢，白首愁多倒玉樽。暮雨東來鼇岫暝，大江南去虎門尊。憂時自有朝賢在，令節惟將樂事論。

秋夜齋居

秋筊作雨聲歷亂，獨坐凝思夜方半。吹燈倚枕睡未安，夢魂忽被風吹斷。猶憶昔年客江南，身試波濤意所甘。仿佛今宵風景似，蓬窗颯颯眠春蠶。

登越王釣臺

釣龍臺畔水潺湲，餘善英風久尚存。疆啟東甌憑險阻，界分南粵托屏藩。虎門潮落青千尺，螺渚煙開白一痕。霸氣消沉留舊蹟，江流森森自朝昏。

洪　山　橋

官橋遠望與雲平，去馬來帆任送迎。出見傷心歸見喜，一般流水兩般情。

溪　船　行

浦城到囷六百里，危灘聳立百有幾。舟薄如紙入波濤，恃有鐵梢得不死。<small>建人有紙船鐵梢公之語。</small>水聲浩浩風怒號，亂石如麻待觸抵。杈枒突兀勢可畏，似欲與人相拼掎。柂工手快眼亦明，側篷撇没如飛矢。奔雷急雨聲喧豗，扁舟卻在浪花裏。濤飛石走不得傍，一躍忽出平地履。驚魂未定面成灰，頃刻之間判人鬼。吾聞忠信可涉川，難諶其説存其理。君看前路破舟人，魂魄沉淪呼不起！

正月望夜過月河

月河空濶不可渡，江上千帆避之去。我命窮薄輕江潭，獨狎波濤行不駐。輕舟簸蕩如癲狂，欲傾不傾故相怖。我聞忠信可涉川，恃此能消河伯怒。須臾浪靜月亦明，清空如在天上行。山形樹色遥相望，水天照映生晶瑩。神仙世界亦如此，對景真欲忘世情。乃知人心無機械，險阻可化爲坦平。叩舷長歌聲激越，不寐欲聽蛟龍鳴。

出 長 安

西出長安驛路長，敝車羸馬色淒涼。師儒自有名山業，姓字何須蕊榜芳。早識文章關福命，靜觀身世決行藏。帝京信美非吾土，曾在燕臺望故鄉。

過 仙 霞 關

嶺高天與接，僕馬歷艱辛。郡邑遙分越，山川半入閩。竹光宜野店，泉響伴歸人。廿八盤行遍，相看梨嶽親。

讀李白詩有作

人兼仙與俠，跡似達而窮。語妙皆天籟，詩成總化工。名高心不屑，才大道無同。遠自周衰後，誰堪接古風。

淵 明 對 菊 圖

先生於物無所好，獨見黃花心傾倒。一杯清酒一籬花，樂此不知老夫耄。吟詩絕不事雕鏤，脫口而成無意造。有似此花隨意開，但覺情真理亦到。人世幾回甲子更，花與先生同節操。門前有柳徑有松，相對真堪長嘯傲。

和 靖 觀 梅 圖

江山蕭瑟木葉乾，霜鋒漸與繁華刊。孤芳獨有梅花好，刮膜誰解殷勤看。先生拔俗數千丈,天然骨秀眉宇寒。孤山孤絕誰肯廬,有花千本身不單。身與此花同色相,寒冰爲飲雪爲餐。怡然相對忘世事,高風後代攀應難。

蘭臺弟入都贈行

萬里風霜僕馬愁,饑驅不爲覓封侯。老親意切空攜袂,少婦情深獨倚樓。蘭臺新婚纔兩月。倉卒辭家餘涕淚。亂離異地少朋儔。今宵旅宿知何處?忍對關山月一鉤。

西出洪山十里程,鞭絲帽影不勝情。從今布被無奇暖,誰把綈袍贈遠行。關塞極天鄉夢斷,干戈滿地旅魂驚。一杯別酒千行淚,獨立江潯百感生。

雲臺二十八將歌

白水真人起春陵,同時倡義劉伯升。伯升無祿功不就,天教列宿扶中興。吳鄧寇岑馮耿賈,景延朱祭銚臧馬。智謀勇略世所稀,萬人之上一人下。合肥槐里太常彤,任光傅俊中水忠。二王二劉合陳杜,一一皆是人中龍。掃除銅馬驅青犢,得隴之後仍望蜀。身經百戰不憚勞,廓清六合還文叔。文叔恢宏符漢高,推心置腹招賢豪。遂使風雲乘際會,勳名千載同蕭曹。功成身退保爵土,不使庖人越樽俎。韓彭菹醢英盧誅,大風猛士思何補。吁嗟,鳥盡弓藏誠可悲,雲臺畫像令人思,世祖真是帝王師。

飲 酒 歌

來日苦短去日長，蒼蒼鬢髮看如霜。人生在世彭與殤，有如一夢炊黃粱。千枝華燭明高堂，能爲白晝延景光。招邀賓客醉壺觴，高談雄辯聲激昂。聞歌更欲呼秦娘，歡樂無辜良夜良。胡爲朝暮心皇皇，奔走權勢氣不揚。功名何必書旂常，富貴何必如金張。但教長日遊醉鄉，眼看天上浮雲忙。

僧 房 夜 話

夜到僧房話清閒，遠俗情始知禪悅。妙漸覺道心生幔，捲天花落堂虛佛。火明行當問初祖，何術解塵縲。

從 軍 行 三 首

長揖辭故里，束裝從遠軍。親戚客攜酒，相送江之濆。握手不忍別，慰藉誠殷勤。豈不戀親戚，男兒重功勳。無爲亂人意，涕泣同衩裙。生當重結好，死以報吾君。

山行路渺渺，江行水迢迢。此心但響往，萬里不爲遙。徒侶如骨肉，饑渴自相招。夜宿風吹幕，晨起月臨霄。拔劍氣激昂，誓言斬妖腰。封侯豈有種，令人思班超。

黃雲翳大漠，牧馬皆悲鳴。霜雪埋沙磧，春草不能榮。列營一千里，戈甲照眼明。將軍號令肅，志在訖鯢鯨。平明飽征士，靜聞枹鼓聲。憑茲忠義氣，一掃寇氛清。

遊 慶 城 寺

寺傍城東路，遊人跡到稀。風鳴金索鐸，苔臥佛郎機。像古懸蛛網，僧閒補衲衣。吾廬纔咫尺，時得叩禪扉。

吳生詠並序

> 吳生，名敦甫，福州人，以行商積資巨萬，好俠遊，輕結納，雞鳴狗盜無所不收，舞榭歌樓靡所不歷。數十年後，家貧身老，子喪妻亡。孟嘗之食客無存，羊侃之歌姬安在。蕭然四壁，了然一身，追維往事，悲憤曷勝。余曾留生數日，歷叙生平，因作長歌，爲吳生詠而不專爲吳生詠也。

吳生年少耽遊俠，破產都因輕結納。只道黃金隨手成，豈知白髮盈頭集。自言家世本延陵，坐賈行商我獨能。巨舸攜資蒲類海，大車載寶洛陽城。平生最愛交賓客，如市之門常夜闢。銀燭宵開北海樽，金鞍書上東風陌。東風陌上盡人豪，邀客同來醉綠醪。佐飲常招郭芍藥，聞歌輒喚鄭櫻桃。鶯鳴燕語俱清唳，醉返欲騎蕭史鳳。百斛明珠換夜來，九華寶帳酣春夢。樂事正如春夢長，回頭已易舊星霜。翠蛾慘淡悲樊素，珠履三千憶孟嘗。荏苒年光如水逝，家貧身老爲時棄。孝標枉作絕交文，鮑叔空言多與惠。可憐斗室翳蓬蒿，昔日賓朋遠遁逃。四壁誰過馬卿宅，單寒孰贈范公袍。太息炎涼成世態，少時歡樂今難再。全家尚有幾人存，顧影應悲一身在。我見吳生喚奈何，酒酣爲作雍門歌。銅駝會見生荊棘，青塚曾經葬綺羅。

積翠寺觀梅憶亡甥苣川

劉郎攜我步煙巒，古寺尋梅雪正寒。今日重來花尚在，傷心不忍倚欄看。

老梅呵護賴神靈，南宋經今八百齡。相傳是南宋時物。苔乾猶沾天水碧，六陵無處覓冬青。

課　蔭　兒

吾家素貧賤，清白世相傳。汝祖官秦隴，南歸啜粥饘。汝爻忝鄉舉，仍是守青氈。未敢營產業，深恐愧前賢。汝今年十五，非復勺象舞。大學期有成，所貴能進取。修業在精勤，無憂質爲魯。百尺竿頭人，由能吃艱苦。但無逸一身，庶可垂千古。時方處阽危，公卿非所期。既無輕世術，負乘徒見訾。與其徒見訾，何如從事斯。困窮能力學，身價仍不貲。銳志期嚮往，持躬戒自欺。欲超流輩外，豈畏庚於時。吾言頗不謬，還期汝三思。

臘　月　作

羲輪不返魯陽戈，窗隙驚看野馬過。學殖無成歲欲暮，世屯未解憂如何。那堪短髮窺明鏡，曾把雄心托太阿。怪底年來生髀肉，投閒始覺歷時多。

輓李月樓貳尹 名子馥，雲南人，仙遊陣亡。

年少官卑氣節高，殉難時年二十九。甘心死報愧生逃。君親念切餘雙淚，其尊人在任所。軀命看輕渺一毫。義激虎臣成俠烈，所練壯勇百人皆力戰死。屍還馬革望朋曹。謂陳少香符雪樵大令。磨丹曾叙周參閫，周公諱兆麟，與少尹同時殉節者。賢郎熙元，余門人也，囑余叙其尊人殉節始末，呈大府奏聞。尚異旌忠廟祀褒。

蟻賊倡狂城邑殘，專征將帥死綏難。時危始識忠臣節，援絶空摧
壯士肝。時待援無及，戰歿於陣。滄海無情帆不轉，貳尹有海上收帆圖，寄
引退之意。楓亭有恨骨應寒。楓亭是其戰歿處。平生羽扇尤珍重，殉難時
以所執羽扇令義勇持歸。匣裏蛟龍激怒湍。

寶　劍　篇

豐城有寶劍，沉埋幾千秋。精氣不可遏，光彩冲牛斗。世無張華
與雷煥，誰能望氣來相求。君不見越句踐，純鉤鑄就終霸顯。又不見
漢高皇，手提三尺安四方。奇物得與奇人會，此人此物名俱揚。我今
亦有一長鋏，十年不用悲鏽澀。掛壁時聞龍虎吟，韜精猶使鬼神泣。
可惜當時無知汝，致汝斂材藏箱篋。不然妖腰亂領方紛紛，得汝一出
清其氛，身退不與論殊勳。

次　韻　酬　別

玉皇案吏是前身，謫向寰中作逐臣。才絶固應招謗毀，時危翻欲
得沉淪。今之當軸者誰子，仕肯投簪有幾人。綠綺一張詩萬首，先生
歸去不曾貧。

閱鍾繡屏歸里日記有贈

悲君蹤跡似浮萍，返斾旋驚泣鯉庭。其尊人先一年殁。三十年來
淹歲月，繡屏出遊幾三十年。五千里外感飄零，頃自北直歸里。崎嶇徧歷
頭應白。故舊何人眼爲青。莫敢脂車輕遠別，閨中久已歎伶俜。

彰義門長平公主墓四首

嬌小長平涕淚潸,君王手劍血斕斑。全家骨肉甘同死,誰遣香魂去復還。

宮衣脫去洗鉛華,罔極親恩報已賒。願入空門勤懺悔,他生不落帝王家。

鈿合金釵忍棄捐,誰期缺月復重圓。脂田粉碓頻邀寵,與續周郎未了緣。

千愁萬恨不能勝,苦憶先皇淚濕膺。寂寞孤墳誰是主,廣寧門外望思陵。

偶　　作

年來兩鬢漸如絲,欲著先鞭愧已遲。半世功名雞肋似,一生心事酒杯知。論材詎必輸時俊,妙手終當讓國醫。烽火東南猶未息,何人投筆靖邊陲。

哭希亭姪_{榜名維瀚。}

憶昔汝受授我書,汝方繈褓啼呱呱。我亦童蒙無知識,《爾雅》一卷勤朝晡。後來我家遭大厄,同巢之鳥嗟異居。_{余家燬於火,後與姪分居。}名雖叔姪年相若,樽酒論文兼戲謔。陳甥礦卿亦雋才,詞鋒往往成廉鍔。同茲天馬駕長途,行空讓爾先鞭着。_{礦卿榜名慎砥,與余與姪}

128

課文,姪以辛卯鄉薦,甥以丁酉鄉薦,余以庚子鄉薦。公車屢上無人知,可憐南北空奔馳。礪卿竟修玉樓賦,墓門宿草尤堪悲。中年以後攖世務,別多會少徒淚垂。庚戌入都一攜手,全家骨肉俱在茲。時護階兄入都候選,余與蘭臺並姪、姪孫子冶俱赴禮闈。異鄉忽敘天倫樂,五人一得聊伸眉。蘭臺是科獲雋。我駕南轅爾到豫,寄情空望天邊樹。我因道梗不出門,欣爾青雲旋得路。姪以咸豐癸丑禮闈捷。剖符遂初宰伊陽,清勤頗覺有令譽。方期騰達振家聲,何遽生年如朝露。夢耶信耶非真耶,睡裏傳聞忽驚痞。奔赴汝家見汝兒,意所欲言口難吐。汝年尚未及始衰,竟爾溘然長辭去。況我衰邁不如人,得不早晚營邱墓。嗚呼,已落之葉不返柯,已逝之水無回波。祇今大地干戈滿,旅櫬不歸將若何。

曉出南郭憶蘭臺

清晨南郭游,行行入幽僻。花好不見人,林深時防蜴。路滑腰腳罷,橫筇坐危石。春草憶惠連,長歌山水碧。

傷　　春

昔歲春仍到,誰教氣象殊。有花憐寂寞,無酒失歡娛。時以米價昂,酒斗千文,尚無佳者。欲洒新亭淚,空存七尺軀。乾坤須手挽,旋轉在吾徒。

食　西　瓜

細削甘瓜佐豆觴,因知此物未爲良。文皇靖難宸濠死,多事令人不敢嘗。

喜門人葉思恭(大泳)煜恭(大焴)
迪恭(大焯)昆仲同時入泮

坐汝青氈抗我顏，毿毿華髮漸成斑。魯芹今日欣同採，寶桂新秋擬共攀。是秋並其兄協恭、芑恭同入闈。少小已看儲國器，文章亦可濟時艱。君家代有詞林選，指點蓬萊是故山。生家三世翰林。

哭　蘭　臺

杪春僕馬到家園，臥病無能倒綠樽。常恨遠游稀共被，翻因永訣促歸轅。閨中莫慰三從願，地下難安二老魂。同氣七人惟我在，白頭心事與誰論。

讀朱文公戊申封事

長白山頭飛羽檄，天水河山留半壁。李綱趙鼎盡淪亡，天遣大儒禦強敵。禦敵以德不以兵，正心誠意天下平。戊申封事言俱在，令我展讀心爲傾。帝心允爲六事本，胡爲舍近欲圖遠。勸賞刑威本至公，風行自可覘草偃。其餘臚列皆機宜，太子大臣邦之基。振舉綱維化風俗，愛養民力蒐軍師。南渡君臣苟知此，可報大仇雪大恥。金師十萬鐵浮圖，不靡一餉折一矢。奈何讒口肆譸張，吁嗟乎，廿七年來期報主，剴切陳言非小補。大學一卷盡在茲，內可安民外服虜。忠言不用良可悲，忍教白雁棲南枝。遯翁從此亦遠遯，山之巔兮水之湄。

贈門人葉協恭(大同)莒恭(大湜)
煜恭迪恭昆仲由海道赴海應試

萬里程兼數日行,直教破浪入春明。天邊島嶼樽前落,海上煙雲筆底生。日暮推窗尋幻景,宵深共被慰離情。摩挲老眼遥相待,會見諸昆衣錦榮。

雜感(四首)

長嘯宇宙間,誰歟垂令名。管葛難復作,衛霍不再生。余也所志大,念此每心傾。天心未厭亂,妖鳥起羅平。蔓延到吳越,千里無堅城。感憤撫長鋏,時作不平鳴。捐軀出報主,一掃寇氛清。歸來銷劍戟,荷耡樂躬耕。

讀書掇科第,古人所深羞。科第不讀書,今人巧自售。嗟哉窮巷士,抗志超凡儔。丹鉛研經史,寒暑不能休。未獲拖青紫,翻使着岑牟。不見鄉里兒,跨馬狐白裘。

朝趨七貴門,暮入五侯宅。鞍馬欻喧騰,行人爲辟易。其勢若江河,變滅隨潮汐。獨有幽人居,滿庭芳草積。偃仰自歌吟,聲若出金石。金張編閥閱,田竇連宮掖。生有福庸庸,死無名赫赫。

亥爲屠肆夫,嬴乃抱關吏。許與在一言,湯火不復避。慷慨本性生,動能合名義。甘心殉知己,頗與聖賢異。大節既無虧,何容更求備。斯人今已無,臨風爲灑淚。

米 價 高

去年一斗粟，四百銅錢數已多。今年一斗粟，八百銅錢可若何。哀鴻嗷嗷飛滿野，噫嗟誰是安集者。脂膏已滿溝壑填，粱肉飼狗芻飼馬。饑餓不能存，莩死冤誰訴！人謂民饑誠可哀，我道民饑更可懼。君不見大江東去盜如毛，揭竿作難皆其曹！

銅 錢 缺

何人奪我銅山去，國用從茲不充裕。民間將楮抵作錢，緩急何能資用度。舊年官局開，謂可阜民財；民財入官局，糜費如塵埃！昔日將錢來換楮，今日交楮錢不與。可憐一斗粟，豈易登筐筥。可憐一尺布，軋軋弄機杼。吾民膏血盡在茲，博得寸紙值幾許！百物價逾常，舉國皆張惶。官慎勿與民爭利，民利盡矣何能長？

春 雪

春雪連朝至，晶瑩照眼明。醞寒花爲攔，待暖麥難成。歲歉餐常缺，愁多酒獨傾。可憐征戍士，指落未休兵。

明 妃

花容憔悴不勝悲，枉向東風怨畫師。冷落宮中誰省識，何如北地作閼氏。

郊　　行

郭小繞青山，村連雜江樹。不知路有無，迷入花深處。路逢採樵者，長歌入雲去。雲深不見人，斧聲鳴何處。

飛　　蝶

蛺蝶翩翩太作顛，東風招引到花前。偶隨病葉相猜久，恐傍游絲爲彼牽。玉翅頻敲如有意，芳心長抱不成眠。翠樓豈少凝粧婦，舞向釵頭亦可憐。

答苣恭赴都途中賦贈原韻（二首）

憐汝平生未遠行，祇因親老切求名。乘風破浪思宗愨，倚柱題橋憶馬卿。日暮山齋空有夢，年來京國已忘情。二蘇才望人爭識，其弟煜恭同行。傳誦文章到上清。

十載妖氛尚未平，長途悵望爲心驚。米家旅次惟書畫，崔浩胸中有甲兵。雙鬢嗟予銷壯志，青雲待爾振芳聲。故人今住都門少，好把黃嬌暖客情。

古　別　離

鞍馬長征歲正寒，別時容易返應難。可憐萬里龍沙月，寂寞閨中只獨看。

齊烈女歌 並序

烈女閩縣人，北瀛先生女也。生前一夕，母夢人贈以白蓮花。及長，聰明好學，尤工詩賦。許字螺江陳兆雄，未賦于歸，而陳以疾亡，家人秘之。烈偵知其事，心慘怛而容貌自若，悉檢所著詩賦，附之丙丁，乃潛投玉尺山房之蓮花池以殉，婿家聞異香入室者累日，于是迎其柩歸合葬焉。其嗣子茂才，名繼俊，余門人也，出遺稿以示余。以欽慕之至，不揣才拙，爲賦長句以誌之。

白蓮池上白蓮芳，月冷風清水一方。縞袂相將冰作骨，纖塵不染玉生香。身是榕鄉名族女，夢中折贈花如許。前生試證玉蓉姿，彼美須教金屋貯。聰明夙擅超凡曹，作賦吟詩揮菜豪。才比左芬年更少，學如蔡琰節逾高。年甫及笄諧二姓，有媯之後官陶正。可憐鳳卜未施衿，早報鸞飛驚破鏡。阿母彌縫未使知，潛窺默伺忽心悲。靡他早矢堅貞志，一死庶完節義思。親恩欲報嗟猶未，一朵花從波間墜。彤管應教女史書，裙釵大有鬚眉氣。魂返婿鄉之子歸，香風漠漠若煙霏。生前已有同心誓，死後當爲比翼飛。玉尺山房饒清景，我曾觴詠臨其境。澄懷爲念冰雪姿，高節猶如日星耿。令嗣文章已有成，身遊黌序負高明。揚芳摘藻千人誦，樹表立坊萬古榮。恨我才非如杜李，心傾節烈情難已。愧無大筆扶綱常，聊作長歌當銘誄。

荔影堂詩鈔

侯官薩大年　蘭　臺　著

著 者 小 傳

　　蘭台公，諱大年，號肇脩，道光丙午科舉人，庚戌科會魁，欽點內
閣中書，國史館分校，升侍讀。殫洽經史，手不釋卷，著有《荔影堂詩
鈔》《白華樓詩鈔箋註》。菶溪先生稱其旁搜博採，繁簡適中，之與惠
完宇孫星槎諸家相頡頏，其價值可知矣。

　　　　　　　　　　　　　　　己未春日從曾孫嘉徵謹識

137

卷　　一

登屏山鎮海樓望海

乘龍奮鱗鬣，勢欲破穹碧。帝怒譴雷霆，半空下霹靂。天矯不得上，千年化爲石。恐其更飛去，危樓壓其脊。樓窗洞豁開，萬里收几席。南望五虎山，海門錢喉嗌。黑點指琉球，一拳不盈尺。長天入混茫，終古水雲白。空濛但一氣，焉能辨蠻貃。蓬萊如可到，豈慮弱水隔。赤松與安期，邈哉無由覿。日暮且歸來，人生幾兩屐。

題林薌溪射鷹圖暗指時事。

野鷹海西來，凹睛綠眼性雄猜。黑鷹但知搏孤兔，白鷹自恃不凡才。一飛飛過閩海關，再飛飛上烏石山。側翅攫肉飽爾腹，報恩從未解銜環。壯士彎弓作霹靂，一箭穿雲山皆赤。風毛雨血族類空，勁翮稜稜飛不得。飛不得，山有靈。花開鳥語絕羶腥，山光長對書樓青。

夜　泊　建　陽

万顷烟波没白鷗，西風吹夢過滄州。滄州精舍，朱子築。秋心詩思催雙鬢，月色灘聲共一舟。何處鳥投雲外樹，幾家人語水邊樓。憑誰喚起吳興叟，寫向丹青作臥遊。

139

登潤州城樓

危樓百尺倚蒼冥，極目雲山列翠屏。雨氣北來瓜步白，江潮東去海門青。霸圖終古懷三國，水府千尋走百靈。興劇且傾京口酒，天風吹起鯉魚腥。

金陵懷古

茫茫天塹拍天長，王氣銷沉霸業荒。此日江山猶虎踞，當年樓艦下龍驤。黃旗無復遊華里，青蓋真看入洛陽。一片石頭城上月，古來曾照幾興亡。

出長千里遊聚寶山（二首）

聚寶山頭雲欲愁，聚寶門外水長流。煙輕柳翠_{皆妓樓名。}春風夜，莫問當年十四樓。

殘碑七字繡苔斑，_{山有方正學墓，石碣書方氏十族瘞骨處。}木末亭名。悲風客淚潸。獨立斜陽空弔古，雨花台上望鐘山。_{明太祖孝陵在鐘山。}

題何述盤萱草春暉圖

萬里風霜一劍單，遠遊原自爲承歡。家山有夢歸仍得，菽水無由養亦難。圖繪北堂春不老，詩吟東野淚頻彈。針痕線影當年意，重把綵袍子細看。

食　菜

華屋有殘肉，柴門無餘菜。名士百甕菹，豈真未了債。日食雖萬錢，一飽等菘薤。庾郎二十七，響激牙頰快。頗聞羊鼻公，醋芹見真態。又聞石季倫，豪奢終自敗。造物忌太甚，特殺古所戒。氣焰逼鬼神，危機與之會。況當艱難際，敢厭藜與芥。嗚呼東南民，菜色何時改。時江南方饑。

青溪有張麗華祠。（二首）

玉樹歌殘粉黛空，馬蹄過處影匆匆。清溪不是胭脂井，蘸水桃花爛漫紅。

臨春結綺久榛蕪，遺廟荒涼鳥自呼。休怨當年擒虎輩，空山留伴蔣家姑。

秦　淮

十日秦淮載酒游，湘簾檀板木蘭舟。鶯花士女三春暮，歌舞江山六代愁。柳絮迷離隨去馬，衣香盪漾散輕鷗。題詩不見漁洋叟，煙月銷沉水自流。

揚州郡樓對月書懷

黃葉西風雁影秋，銀河拂檻正橫流。氣吞湖海元龍老，夢醒鶯花杜牧愁。山色千重連北固，鄉心一夜滿西樓。南雲悵望情何極，慈線空瞻季子裘。

燕　臺

國家廢與興，人才相維繫。區區弱小燕，千金勤禮致。築宮亭郭隗，鄒樂萬里至。下齊七十城，勛業照天地。如何後嗣王，不克承先志。至今臺下草，尚漬英雄淚。往來易水東，蒼茫懷古意。駿骨無時無，忍令委奴隸。

易水懷荊軻

燕秦不兩立，有如虎與豚。雖微激秦怒，勢已難久存。荊卿屠狗伍，太子候其門。華陽宴美人，此意重崑崙。生劫計誠左，劍術豈所言。嗟彼句踐徒，譏議空紛繁。丈夫死知己，成敗安足論。赤虹貫白日，已褫祖龍魂。

四皓墓(二首)

雲白巖青好避秦，鬚眉翻作漢功臣。何因多事商山老，不及桃源洞裏人。

一出何年更採芝，纍纍商麓至今疑。忍饑不受君王辱，肯博原頭幾尺碑。任昉《文章緣起》謂：四皓没後，惠帝爲之製文立碑。

王　母　祠

漢皇寢殿鎖烟霞，阿母祠前日又斜。青鳥不來音信斷，空山開遍碧桃花。

謁謝疊山祠

一聲白雁朔風悲，臣妾簽名□已移。趙杼存孤空感慨，建江賣卜
歎流離。黃冠不入遺民傳，青史何慙幼婦碑。猶想掀髯情激烈，摩霄
驚鶴豈籠縻。

徐仙九明府遙遊城東水神廟謝雨紀事十四韻

赤日燒雲久不雨，汗臥鬱蒸困炎暑。上田下田圻龜兆，用幣告虔
無處所。將軍正直武且英，撝電鞭雲驅雷鼓。倒捲靈源萬斛泉，灑遍
郊原流膏乳。蕭蕭欲止止還作，半月甘霖已四五。城東走馬試遊觀，
活活鳴泉繞村戶。登高一望翠浪翻，櫂秭連畦風掀舞。使君肩輿吏
走趨，濺潦沾泥滿韡履。婦孺走看擁路旁，竊指歡欣相耳語。父老殷
勤壽使君，洗盞提壺獻粗粆。使君笑言吾何有，區區一念煩神許。幽
明縱異好惡同，民之所欲神必予。春收稍歉幸秋成，降澤雖遲猶可
補。爲君滿飲謝神賜，但願年年神做主。

宿香雲寺中有古柏，夜半作風雨聲。

禪房小徑曲通幽，銀漢無波素月流。昔日老僧應化鶴，祇今古柏
尚蟠虯。寒聲忽送千巖雨，凉影驚翻一榻秋。終夜蕭騷喧客枕，夢中
疑泛五湖舟。

讀岳忠武傳

誰倒紅羅岳字旗，中原從此事全非。君王忍恥甘輸幣，父老無家淚滿衣。塞北黃龍長抱痛，江南白雁已橫飛。他年風雨崖山夜，總爲長城自失機。

西苑(二首)

五龍亭在水中央，太液清波繞苑牆。蘋末薰風傍晚起，凉蟬聲裏送荷香。

瀛臺瑤島拂雲齊，禁區多應有御題。玉蝀河邊騎馬過，畫橋更在綠楊西。

雨　　夜

冰簟銀床夢不成，閒思往事總關情。窗前一夜蕭蕭雨，都作吳孃曲裏聲。

勸燕坡兄少飲

生本高陽徒，劇飲尤豪縱。少年文酒場，千觴嫌未痛。覓呂復攀嵇，歡笑雜調諷。妙語到解頤，往往一堂哄。君時領文壇，年亦肩隨從。恨無壘麴臺，嗤彼鯛陽甕。駿馬騁九州，未肯受羈鞍。嗟嗟門户弱，相依兩伯仲。獨醒固不忍，醺醨亦何用。每到秋風期，酒病時一動。兄每秋酒病必發。譬如鳥傷弓，痛定心猶恐。君何不自珍，一奮孟賈勇。年也多行役，七載愁侘傺。去年會都門，春風一笑共。金缸照離心，夜雨對床夢。爲歡曾幾時，相逢還相送。臨行一握手，此意邱山重。爲我立斯須，無言情內慟。安得一頃田，其穀宜五種。與君白首期，抱來東坡壟。不須多種秫，但免饑寒空。願以子雲箴，換彼劉伶頌。

黃河<small>舊之河決至是始復。</small>

黃河源遠自崑崙，西來萬里趨龍門。千七百渠各爭赴，東歸渤海迷朝昏。茫茫禹迹不可復，賈生三策今誰論。遷都改邑豈易事，迂儒膠柱徒紛繁。河淮合瀆六百載，明昌肇始成至元。束水攻沙果良法，後來遵守無間言。國初收溯靳司馬，專任天一興兵屯。大功垂成讒謗起，叩閽孰爲鳴其冤。文端張公亦好手，至今奏疏華嶽尊。邇來誰歟總河務，花天酒地歌弦鷴。未雨綢繆昧所戒，猥以氣數歸乾坤。天公豈不憐赤子，人事疎暑何惽惽。夯硪椿埽不如法，遂令齧蝕連隄根。豐沛之閒忽崩決，地軸簸蕩疑掀翻。微湖泛溢沖運道，竿燈標識排旗旛。<small>時河入微山湖，湖不能容，沖阻運道，無路牽絆，緣河標旗旛爲識，夜則以燈。</small>登高一望浩無際，混茫孰辨鄉與村。老弱半填魚龍腹，山椒未沒餘沙痕。聖人在上詎有次，當求其弊窮其源。近聞合龍會有日，以役代賑爭趨奔。四百五萬糜國帑，南北漸已通舟轅。得全身命返鄉井，殘年餘喘皆君恩。明年春麥如可種，敢辭奮揰泥沾跟。願寬征賦省徭役，招此半菽窮黎魂。小臣作歌紀河復，採風敬俟大夫軒。

閱邸報有感(二首)

羽書昨日達楓宸，萬里蠻荒戰血新。風雪連天撐白骨，干戈滿地走黃巾。當年射虎何人在，五夜聞雞舞劍頻。傳語諸君須努力，勛名看取畫麒麟。

元戎玉帳蕭旌旄，籐峽悲風萬竅號。廟算即今屯虎旅，將軍夙已飽龍韜。金田夜月行營遠，銅柱蠻烟轉餉勞。自笑麤才思擲筆，千金新買赫連刀。

贈秋航上人<small>秋航能詩工書，尤妙於弈。</small>

高閑書詭奇，參寥詩清警。豈真多幻術，一一臻絕頂。上人兼其長，擅弈尤莫並。初如曙天星，錯落紛斜整。又如古陣法，變化閒奇正。扼要一着先，巧詐無由逞。吾聞浮屠人，爭心久已靜。豈必期勝人，人自難與競。始知大法力，伏虎不在猛。茲言儻不然，吾徒更有請。

贈彭飛宇並令侄茀門養珊二昆玉

與君十載別，相見苦不早。都門一握手，含笑各言好。快吐胸中談，河流三峽倒。旁及兒女情，支派分溝潦。憶昔少年場，文宴摘麗藻。或作長城堅，或爲偏師擣。詩膽大劉叉，酒腸寬崔顥。氣與秋天高，未肯學郊島。歡樂曾幾時，聚散難自保。可憐何與陳，<small>搏九、招甫。</small>芊芊已宿草。好種故侯瓜，莫覓安期棗。世事嗟雲煙，過眼迹如掃。君時遊太原，我客江南道。萬里同一天，雁鴻少音耗。豈無唱和人，喧囂等蟬噪。肝膽異楚越，冰炭殊寒燠。誰知此相逢，猶幸未耄老。君才本神駿，孤罴意兀傲。遲迍兩家駒，手柔亦弓燥。譬彼徑寸松，直養到合抱。不爭桃李姿，晚成期大造。<small>飛宇自庚子後俱未下傷。</small>嗟我一微官，有如馬戀皁。秋風昨夜至，佳節迫吹帽。故鄉渺何許，夢魂時一到。願持一壺酒，彼此相慰勞。微詩君勿嗤，聊以當紀縞。

題林薌溪《四維堂詩鈔》

大雅扶輪偽體裁,纖毫揮洒走風雷。摩空俊鶻翻雲出,跋浪長鯨擘海開。慷慨縱談天下事,_{薌溪著有《平夷十六策》。}海通想見古人才。又著《經解》百卷,進呈御覽。靈河自有真源在,遠溯崑崙萬里來。

題陳寸耕先生《采菊東籬圖》(二首)

淵明不可作,霜菊傲孤秀。竭來二十年,突見此翁又。半畝占秋光,人與花俱瘦。采采不盈掬,寒香滿衫袖。得此樂有餘,何必亭臺搆。願作白衣人,攜酒來相就。

採芝延仙齡,斸苓換肌骨。白日看飛升,豈墮紅塵窟。先生獨採菊,意與幾庸各。無慕內自充,外物何足託。時或對花吟,時亦對花酌。羲皇在眼前,山光照籬落。

送彭飛宇赴晉兼寄松堂

相逢纔匝月,別酒又重斟。此地一分手,秋風萬里心。河聲汾水壯,寒色太行深。寄語松堂老,相期訪道林。

題林薌溪《一燈課讀圖》

青燈明靜室,萬籟森欲沉。遙夜課兒讀,勵志入儒林。勿言一經少,足以觀古今。勿言一燈小,照見聖賢心。簪組非所貴,何況千黃金。泰山雖云高,緩步上層岑。玄雲起幽谷,膚寸終成霖。束身自有道,豈

147

必異人任。悲哉母心苦，賢哉母意深。吾願勒之石，用爲慈母箴。

同王潘溪二丈介士司和菴王子恒觀石鼓歸作長句

岐陽石鼓傳東周，陋儒聚訟三千秋。先秦後周浪嗤點，丞丕也殿徒旁搜。韓公好古知不妄，取而信者廬陵歐。萬言辨難吁可已，奚啻大樹搖蜉蝣。昔讀韋韓梅蘇作，濡染大筆橫九州。今始摩挲兩廡下，蒼然古色開雙眸。其文四百六十字，殘蝕過半無由收。偉辭常疑吉甫作，義類悉與車攻侔。選徒左右調弓矢，員游員邀旌旂斿。君子逌樂宴帳殿，貉蜀□□羅庶羞。策命諸臣只數語，始終皆叙春田蒐。字體非蝌亦非隸，鬱律盤屈纏蛟虯。鋒鋩銛利存古法，枝柯錯互珊瑚鉤。趑趄趦趄面敠蝸，蝸書匾刻追鉤鏤。當時散棄久湮没，中宵光怪冲斗牛。其一如臼僅存半，田家牆角舂秕粰。自唐以來經四徙，神靈呵護非人謀。甲乙壬癸無欠缺，光價豈止彝敦牟。詛楚朝那文久泐，嶧陽頌德登芝罘。枯篁野火遭焚燬，棗木傳刻珍琳璆。況茲彪炳配六籍，日月行天萬古留。諸生切磋勤講解，膠庠力挽江河流。國朝御碑二十四，武功文德勒遐陬。上企羲軒攀姚姒，梯航侍子來琉球。嗟我孤陋寡聞見，窮年繼晷章句囚。願揭萬本誦萬遍，北窗消受風颼颼。

秋感(二首)

西山高接鳳凰城，風物蕭蕭客思驚。碣石清霜明海色，薊門叢樹擁秋聲。此身未死情多感，無地酬恩劍不鳴。南望可堪傷遠目，青燐白骨尚縱橫。

落日瀟湘雁影寒，側身天地一憑欄。捷書未報收張角，軍令猶聞赦曲端。財賦可憐民力盡，指揮自古將才難。

廟堂開濟須元老早晚平戎舞羽干(二首)

漢室誰當第一儔,爲擎砥柱障狂流。張湯那有匡時略,汲黯終愁老病休。共道中原多駿骨,肯教都尉屬羊頭。補天豈是尋常手,借箸空懷杞國憂。

回首三山舊竹林,幾人雲散幾星沉。死生契闊山陽賦,世路艱難蜀道吟。萬里共懸明月夢,十年深負白雲心。故園猿鶴應相訝,華髮今來半上簪。

高 郵

雨絲風片半陰晴,無那牢愁酒半醒。三十六湖春水碧,桃紅柳綠傍清明。

夜 步 山 寺

梵王古刹倚山隈,劫火殘碑半掩苔。僧卧一龕老病死,月明三徑竹松梅。閒遊隨在饒佳趣,歲暮何人肯獨來。且喜未衰腰腳健,夜深歸路踏瓊瑰。

初 度 自 題

春光一笑又相期,九十平分得半時。誕降偶同庚子拜,予庚子日生。虛生恐作甲辰雌。情耽麴蘗頻中聖,官愛清閒不厭卑。惘悵天涯經七載,高堂遙上介麇卮。

卷 二

讀史雜詠十首

鴻 門 宴

中原逐鹿漢與楚，漢王如龍項王虎。鴻門席前雙劍舞，龍幾爲魚膏刀俎。壯士裂眦髮上豎，蓋世英雄不敢怒。真龍一去虎變鼠，垓下美人淚如雨。

蕭 相 國

文終轉漕全關中，十八賢侯第一功。若非買田自汙衊，種室終愁烹狗同。鐵契丹書照帝室，誰知尚荷布衣力。嗟哉韓彭真匹夫，震主功高一士無。

飯 韓 信

伍胥吹簫向吳市，跪進壺漿金溧女。王孫釣魚困淮陰，漂母不同亭長鄙。窮途誰復識英雄，千古憐才兩女子。晨炊蓐食何足怪，轑釜頡羹直可恥。吁嗟呼，宰肉陳平空肥美，不免誚食糠覈耳。

具 鼠 獄

丞舍無人鼠盜肉，何必掠治爲具獄。紛紛幾車偷太倉，安得爰書

150

盡訊鞫。舞文巧詆本詐忠,狡黠應同憑社雄。是非忽搆三長史,始歎
禦人五技窮。

牧羝羊

饑咽旃,渴齧雪,海上孤臣泣淚血。年年與羝同卧起,節旄羅金
心如鐵。心如鐵,節愈苦,羝若有知應解語。馬頭生角歸燕丹,誰謂
羝羊終不乳。帛書幸托南飛鴻,絶漠生還成禿翁。形象雖圖麟閣上,
茂陵石馬卧秋風。

月氏頭

月氏萬里行頭顱,刳爲飲器皿模糊。留犁攪酒碎珊瑚,酒中倒蘸
狼居胥。雪花如席壓氈廬,帳下熊羆醉膽麤。紅凹怒眼如睊盱,恨不
一口吞强胡。吁嗟呼,智伯千秋讐未雪,國士橋邊水猶咽。

築鱷鯢

炕龍絶氣表符瑞,紫色鼃聲分閏位。孤忠死國隕厥宗,義激三軍
動天地。鱷鯢築觀高撐空,汝南陂水失沖瀜。黃鵠飛來濯龍復,柏桐
終痛平陵東。

井底蛙

黃牛白腹五銖復,天遣真人奉赤伏。八厶子系十二期,井底寒蛙
何碌碌。鸞旗旄騎修邊幅,欲峙一隅鬥蠻觸。窺天漫詡龍興符,蟬蛻
侯王猶不足。吁嗟呼,一朝甲士化沙蟲,匹馬東來已洞胃。銜玉縱未
泥土中,終與西州蚯蚓同。

祭皋陶

甘陵北部紛鉤黨,刻石立壇共標榜。黃門寺獄祭皋陶,孟博情辭

何慷慨。皋陶之貌如削瓜，正直不可干以邪。是非清濁違好惡，鳳鸞可使同鴟鴉。漢家板蕩此其極，神雖欲福難為力。不願生同稷契勳，但願死葬夷齊側。

漁 陽 撾

堂下撾鼓鼓聲壯，堂上坐客皆惆悵。岑牟單絞豈足羞，聲聲似罵奸雄相。非商非徵何急促，蹀踏而前斷復續。苦調難同伍胥簫，壯心幾等漸離筑。惜哉此曲不留譜，鸚鵡荒墳自千古。江聲猶作鼓聲哀，噴薄波濤洩悲怒。

愁 絕

柴門春寂寂，愁絕獨憑欄。戎馬關山苦，征輸戶口殘。時危生理窄，身賤報恩難。搔首看牛斗，沉沉夜欲闌。

郊 行

獨坐忽不愜，東郊步晚晴。田園多負郭，花柳通清明。一洗風塵眼，蕭然沮溺清。干戈猶滿地，安穩是躬耕。

釣 龍 臺

釣龍不見漢時雄，百尺高臺尚倚空。異代霸圖歸白馬，當年劍氣亘青虹。潭荒秋雨沈神物，江轉晴雷激斷洪。隆準重瞳俱莫問，蕭蕭落葉起悲風。

尋　僧

清晨步山麓，露氣尚含苔。流水有時盡，野花隨意開。言尋慧車子，遙隔白雲隈。一問楞伽字，風爐共茗杯。

有　感

長安會憶騁雄才，氣挾風雲一劍來。落日狂歌屠狗市，清秋試馬晾鷹臺。三年關塞驚將老，萬里風煙暗不開。猶有壯心銷未盡，可堪城角暮吹哀。

送葉與端廣文之任仙遊

羽觴飛盡見天真，赤玉胸懷絕等倫。結客氣傾四公子，當筵豪壓八仙人。兵戈誰識文章貴，離別方知道誼親。好把笙歌銷窅篰，九湖秋色一時新。

將入都別燕坡兄（二首）

一別一回老，茲行倍黯然。艱難誰共命，骨肉自相憐。遠隔五千里，歸非三兩年。長安何處是，悵望白雲邊。

親老情何極，家貧歲欲徂。兵戈猶滿眼，風雪更長途。夢裏千山迥，愁邊一劍孤。勞生知有分，未敢怨榮枯。

雨夜懷毛勿凡李西屏

自別論文友，年年歎轉蓬。天涯一樽酒，風雨與誰同。義激艱難際，情傾感慨中。相思那堪寄，愁對短檠紅。

題　驛　壁

突不能黔少定棲，王孫青草又萋萋。一官氣味同雞肋，十載間關倦馬蹄。野店小橋僮僕語，修篁深嶂鷗鴣啼。鞭絲帽影匆匆去，苔竹洲前日已西。

獨　酌

獨酌行無那，牢愁興未闌。中原紛戰鬥，世事日艱難。花笑滄浪髮，蟾窺苜蓿盤。年來清俸減，敢放酒杯寬？近官俸搭用寶鈔，減十之二。

陶 然 亭 納 涼

不覺人閑暑，陶然一醉中。溪晴光瀲瀲，樹老鬱葱葱。日色不到地，秋聲長在空。何當移竹簟，夢入廣寒官。

孫穀庭太史見過小酌

長安紅塵中，車馬風雨快。誰歟念寂寞，觸熱步湫隘。惟君與我鄰，來往無儐介。入門便大呼，磅礴除冠帶。童僕羅酒漿，蔥韭雜菘薤。一醉君不辭，微嫌酒杯大。穀庭好飲而量窄。笑語見天真，豁達消

154

畛界。吟詩聲琅琅，風雷生聲欵。有時雜嘲諷，聞者無芥蒂。此心如虛丹，觸物了不礙。人生行樂耳，霜鬢豈相待。荆凡孰存亡，毅豹紛外內。胡爲自纏擾，物欲甘桍械。酒中有神仙，何必九州外。

柏井驛雪夜

千山萬山飛玉霙，夜半雲收華月清。草木禽獸皆白色，恍如蓬萊頂上行。十年奔走塵土窟，對此不覺浮名輕。照我湛然心如洗，欲與雪月爭空明。歸來茅屋門不扃，寒光皎皎入窗櫺。紅爐自添青獸炭，臥聽銅瓶蚯蚓聲。

井陘田叔里

驅車過井陘，云是田叔里。緬懷大賢風，豈徒古烈士。念昔貫高徒，義不受辱恥。髡鉗白張王，未肯輕一死。案梁息主憂，相魯歸君美。藹然長者言，廷臣誰與比。嗚呼巫蠱禍，司直竟東市。澎侯何足誅，千秋爲灑淚。

沈古春先生著書圖文
孫鏡秋明府屬題湖州人。（三首）

三間茅屋白雲中，金盖峰前碧浪東。展卷松風寒謖謖，莫教錯認石田翁。沈石田有秋林讀書圖。

瀝盡金壺岸角巾，那知原是宰官身。千秋闕里徵文獻，誰信山中更有人。先生在曲阜下帷，著有所願學齋《周禮學》《易學》《孟子學》若干卷。

抽殘玉版歲匆匆,手種孫枝已拂空。今日何人識中散,心香一瓣禮南豐。

贈毛勿凡

丈夫貴立志,時命隨所遭。守道苟不篤,有如下瀨艘。先生擁皋比,廿載槧鉛操。文壇驚飛將,武庫森寶刀。未甘學島瘦,要足當韓豪。騏麟行天上,肯同駑馬槽。知希我斯貴,此語吾所襃。遇窮志愈勵,身屈道彌高。歲寒見松栢,百尺風欘槮。蔍蔍不自覺,仰企有蓬蒿。雖無捧檄喜,未闕負米勞。南陔華可採,其樂常陶陶。何必風塵底,鞭撲日夜號。坐同胥吏輩,沾丏潤脂膏。以茲較得失,泰山於鴻毛。嗚呼風木感,我心常切切。

得閩中消息

前年恒愁霖,家家水人戶。去年又傷旱,處處祈甘雨。今年禾黍收,價直高十五。問君何為然,錢荒民更苦。城中日日新,銅鐵兼以楛。好惡苟可蒙,何妨用泥土。富家多儲藏,貧家守環堵。抱裘換斗米,日暮無人許。垂頭空歸來,妻孥顏色沮。嗚呼循良吏,千古思召杜。

縣上懷介之推

介休立馬望前峯,縣上無由覓故蹤。久已南山藏霧豹,幾曾北闕望雲龍。小人有母生偕隱,志士求仁死不封。博得千秋寒食節,家家禁火話村農。

哭希亭姪

皇天本至公,好惡與人一。禍福隨所召,報應百不失。如何忽難憑,喪我萬里姪。一痛迫衷腸,老淚不成滴。憶汝總角時,瞳子如點漆。五歲識之無,未曾覓造栗。弱冠唾成珠,已見才傑立。謂是天麒麟,行空絕羈縶。朝楚暮刷燕,千里驚一息。藉汝荷門基,家聲振蓬蓽。廿載困風塵,奔走爲衣食。霜蹄雖屢蹶,未肯悲伏櫪。都門三見汝,丁未、庚戌、癸丑皆與希亭會於都門。握手顏色慼。自言憔悴容,棄置真可必。癸丑大挑,希亭對余自歎奔走風塵、形容憔悴,知難入選。丈夫失時命,此志何由直。百里寄一官,艱危憂反側。是科捷南宮,以即用分發河南,時有兵警。去年寄我書,賊氛稍遠戢。伊陽雖僻小,甲寅十月補伊陽。風俗頗淳質。妙割無雞牛,吏治貴安輯。君國困軍需,催科亦孔亟。追乎恐不免,鞭撲忍遽及。我家有治譜,清白守厥職。方國報國恩,少効犬馬力。溘逝先朝露,得算未五十。爲善不獲報,奪去何太急。嗷嗷三男女,婚嫁無時畢。身後累何人,關山道里隔。聞棺槨衣衾皆紳民捐助。撫事一悲號,乾坤莽蕭瑟。

讀李義山詩

遇塞才爲累,言難思獨沉。浣花分筆健,沅芷寄情深。祭獺開生面,探驪費苦心。如何庸俗耳,只解聽哇淫。

晚 凉 浴

山右無漆斛,瓦盆苦難容。長年思一浴,百計術終窮。今朝得稱意,杉槽瀉長洪。借一衫槽,甚寬。有如池邊鶴,梳翎剔氄毿。尋光一爪剪,矯若南飛鴻。髮稀欲侵雪,身輕可御風。豈惟塵垢淨,一洗榮辱空。息心北窗下,月上疎松東。

築　長　城

萬夫築城城如鐵,哭聲震城城爲裂。臨洮萬里亘遼東,可憐不障咸陽宮。弦鞉怨歌歌聲苦,不如死作城下土。城下積骨如城高,夜夜陰魂泣秋兩。

邯　鄲　賈

貪賈十得三,廉賈十得五。何似邯鄲工釣奇,千金博得十萬户。賣秦應同賣楚詐,陰謀欲使牛繼馬。他年泣對一杯酒,始知奇貨成奇禍。

揚　子　宅

嶓山山下宅一區,芋魁飯豆無時無。奚爲校書天禄閣,奇字化作符命符。門前豈必長者車,侯芭載酒常從居。試問當年草玄處,何似成都賣卜廬。雄少嘗從君平學。

夜　泊　牛　渚

月上青山峯,照見廣陵樹。時聞水芝香,空江墮殘露。

重陽日寄燕坡

駐顏無術問丹砂,牢落風塵志事賒。萬里弟兄俱白髮,一年秋色又黃花。心驚落木蕭蕭下，目斷征鴻陣陣斜。此日登高誰作伴，茱萸採罷憶天涯。

常 州 舟 中

片帆婀娜暗魂消，蠡口微波正落潮。五月行人毗陵去，隔江斜日雨瀟瀟。

戲 作 贈 術 士

天地一洪爐，萬彙歸陶鑄。模範既已成，人力安所厝。李蔡本下中，馮衍終不遇。應侯曾折臂，淮陰亦出胯。富貴與貧窮，一一誰記注。其間紛顛倒，孰測冥冥故。正如隨風花，高下飄飄度。半落綺羅筵，半爲泥土污。又如山中木，破作清廟具。斷屑弃溝中，隨流那得住。萬事皆偶然，天工究何與。但當飲美酒，紛紛何足數。

姑 蘇 臺

聞道春宵燕，君王在此臺。如何臺上望，不見越兵來。

館 娃 宮

昔年館娃宮，今作梵王宅。懸知色是空，猶勞往來客。

響 屧 廊

空廊山鳥蹄，履跡青苔上。日暮無人行，松風落巖響。

採 香 徑

艷骨埋紅草，空山長綠苔。殘香睡得見，時有蝶飛來。

闔 閭 巷

鐵花秋老壁崢嶸，俯視劍池水一泓。終古玉魚寒照影，何年金虎夜騰精。山川寂寞空餘恨，仙鬼荒涼亦愴情。日暮不堪回望處，竹枝聲里闔閭城。

吳 門 抉 眼 行

會稽行成水犀返，縱敵養仇悔已晚。龍淵不斷佞人頭，蛇門却挂孤臣眼。孤臣抉眼如電館，館娃宮中酣血戰。皮日休《館娃宮》詩：“半夜娃宮作戰場，血腥猶雜宴時香。”一朝麋鹿走姑蘇，地下君王空掩面。憶昔春宵長夜飲，無數宮花紅似錦。只見美人笑捧心，豈識英雄臥嘗膽。祇今霸圖已消歇，白馬銀濤猶激烈。眼光化作吳門月，萬歲千秋照愁絕。

富春〔三首〕

波平風軟入瀧灘，瀟灑江山翠峽開。斜日落帆富春渚，白鷗飛上子陵臺。

羊裘男子釣魚翁，志節終開一代隆。多少雲臺圖國手，何如江上一竿風。

老去牛公臥草廬，舊交不僅客星孤。高皇終覺鱗豪甚，當日故人半酒徒。

舟中暴雨

白日落何處，轟雷橫破空。雲沉千嶂黑，電劃一江紅。勢挾飛濤立，聲兼羯鼓雄。明朝百灘失，更借半帆風。

題鐵笛道人圖

道人電眼霹靂舌，橫持三尺太古鐵。青虯千年生碧花，中有莫邪一縷血。鐵崖得一劍於洞庭湖，煉爲笛，見《七客志》。一聲吹破洞庭秋，空山百鳥鳴啾啾。三聲四聲山石裂，風雲慘淡蛟龍愁。拍洪崖，挹浮邱，羽衣鶴氅雲中游。欲耕扶桑攬日月，下視太湖萬頃浮。祇今天聲悶天竅，鐵崖詩：道人天聲悶天竅。上清遺譜鈞天調。惟見君山七十二峰青，萬竅松風紫鸞叫。

睡　　起

更無車馬到柴門，睡起猶餘枕簟痕。步繞山廊啼鳥靜，槐花滿地午蜂喧。

聞　　雁

蕭瑟涼秋萬里天，數聲嘹唳碧雲邊。楓飛遠浦笛初起，霜落高樓人未眠。鄉國經時烽火隔，關山況是亂離年。寒砧入夜村村急，望斷香閨一樣箋。

文姬歸漢圖(二首)

朔風吹雪野茫茫,一曲胡笳淚萬行。猶勝琵琶愁出塞,李陵臺畔月如霜。

不惜千金贖蔡姝,阿瞞高義古今無。獨憐他日王髦劍,北海何曾貰兩雛。王阮亭詩:"太息王髦劍,前年殺孔融。"

賈 司 戶 墓

驅車大房山,下有浪仙墓。墓門長荊榛,寒原竄狐兔。風吹鼓子花,月落青桐樹。疑有苦吟魂,夜深自來去。

薛故城懷孟嘗君

茫茫白日古城寒,邱壠樓臺久已殘。狡兔縱營三窟計,蒙鳩終少一枝安。生前奔莒應餘恨,死後若敖孰與歡。惟有泇河嗚咽水,秋來猶作雍門彈。

朱陳邨嫁娶圖(二首)

桑麻雞犬不聞喧,畫子依稀趙得元。木屐練裙青竹笥,隨時婚嫁長兒孫。

男耕女織杏花村,頭白無驚吏打門。此是羲皇熙皡象,神仙何必羨桃源。

遇　故　關

峭壁巉岩石徑微，雲中遥指戍樓旇。秋風兩度故關道，不見槐花着雨飛。王新城詩："西風忽送蕭瀟雨，滿路槐花出故關。"予兩度過此，不見一樹。

遥　　望

宇宙氛塵滿，兵戈歲月深。里糧驕不戰，豺寇爾何心。日照荒城白，雲連殺氣陰。東南形勝地，遥望一沾襟。

跋

　　從曾祖檀河公有子七人，世其學者，惟燕坡、蘭台兩從祖。燕坡公性淡仕進，道光庚子舉孝廉，後再上公車，即閉門課徒，暇則益肆力於詩。蘭台公尤耽吟詠，庚戌通籍以還，與都下諸公不時唱和。惜稿本散佚，僅存《荔影堂詩鈔》百數十首，皆堂姪彤所裒集而手訂者。官齋無事，取而讀之，猶如侍左右。今秋兒子嘉曦南旋，亟命校對發刊，公諸同好，抑以見吾家《白華樓》之尚有傳人歟？光緒乙巳冬日姪孫承鈺識於武城官廨。

珠光集

福州薩察倫　珠士　著

從曾孫嘉曦　校刊　從元孫君陸　箋注

《珠光集箋注》序

　　從高祖珠士公所著《珠光集》，經族叔寄農校刊，凡二十餘年矣。君陸旅居舊都，昨歲展讀家譜，知有是集，向寄農叔函詢，蒙贈一冊，循誦數編，欣忭奚似。爰照箋註《雁門》《白華》諸集（就所知者）例，依條設註。歷三閱月，粗具大概。或亦讀公集者之所許歟。至卷帙序次，與原刊本微有差異，以七言絕句另作第五卷外，又遵露蕭公補註《雁門集》例，以鄉先生題辭作爲別錄，以鄉先生倡酬諸什作爲倡和錄，蓋欲前後體例相同故也。

　　　　　　民國二十七年三月從元孫君陸謹序

《珠光集》原序

　　《珠光集》者，余友薩珠士邑侯遺稿也。珠士工文詞，具俠氣。嘗與縱譚時事，慷慨激昂，英爽見於眉宇。歲甲子與余同領鄉薦，乙丑禮闈報罷。余與珠士並魏香士同出都門，酒闌燈灺，彼倡此和，忘長途舟車之苦。尤愛其"多情人世常增累，未貴論交好閱人"二語，囑林少穆同年書作齋頭楹帖。丁丑夏，珠士挑取滇南縣令，以道遠不果赴。庚辰余通籍，後觀政雲司，珠士時在南浦。越明年，余假旋過浦，珠士撰句云"官是秋曹心是佛，人如冬日句如仙"，邑宰陳士竹明府題牋以贈。余深愧其言，而句則特工。嗣是北轍南轅，不獲相見。及癸卯致仕歸，珠士已芊芊宿草矣，黃壚之感愴何可言。辛亥春，哲嗣樹堂録其古今體詩，將付剞劂，請余校定。受而讀之，多屬曩時所見，續增無幾，頗以散佚爲惜，然而吉光片羽，希世可珍，一臠未始不可知味也。嗟乎！珠士負經濟才，有卓識，使出而宣力國家，豈僅以詞章擅美。然即以詩論，洋洋灑灑，高唱入雲，無不盡之辭，無不達之意。昌黎云"快劍斫斷生蛟鼉"，可謂極才人之能事矣。讀竟書數語以歸之，並以質世之知珠士者。

　　咸豐初元辛亥三月光禄寺卿年愚弟楊慶琛拜書

《珠光集》原序

　　吾閩薩氏系出雁門天錫侍御，入國朝，世有科第文學。檀河大令以沈博絕麗之才爲詩，一變閩派；哲嗣燕坡孝廉鐘鏞嗣響，號稱極盛其時。大令族子珠士先生，任俠負奇，尤耽吟詠，與張欒軒、葉次幔、楊雪椒諸先輩相酬和，跌宕文酒，富有佳篇。余嘗交其孫謙臣茂才，温然敦厚，家教也。大令父子爲先曾祖先祖鄉榜同年，先生舉嘉慶甲子，與吾家祖望族祖心田、心海兩族兄亦同齒録。顧余皆不及接，先生詩久未刻，亦未獲見。今歲寄農大令搜刊家集，索稿於謙臣，謙臣以來乞序。寄農先生之從曾孫其尊甫，又恒明府從兄稼盫太史，又余與季涵先弟之鄉榜同年也，余觀先生爲人及其詩格，楊光禄之跋詳矣，抑其文固序體也，謂宜登弁簡端，無俟余贅。獨念自余兄弟讀書應舉以來，上溯吾祖吾曾祖百餘年間，吾鄉人玉户珠即先生一家而已；若此豈非科目重文教昌，士無論仕不仕，爭自濯磨，各欲以性情自見哉？今去先生之歿五十年矣，劍華削采，其有聞諸先生之風而興起者乎？此固寄農搜刊之意也。爰綴數語以復謙臣。

宣統二年庚戌仲冬里後學陳寶璐敬識

173

卷 一

五言詩

尋五百羅漢寺古蹟 《府志》：王審知夢僧數百，奕奕有光，所至有雙檜並池，旦尋得之，池曰浴聖，檜曰息聖，遂改今名。今廢爲常豐倉。

有夢始尋佛，佛從夢處起。無夢亦尋佛，尋到何時止。閩王[①]昔有夢，夢後不自已。尋得佛真蹟，夢中亦如是。我今無夢尋，未識佛奚似。無夢便不尋，又疑佛在此。吾聞佛億萬，恒河沙數[②]比。羅漢只五百[③]，太倉一粟爾[④]。一粟尚難尋，太倉安可擬。今得尋佛法，佛只在心裏。開心即見佛，我但尋佛理。大固蓋須彌，小復藏芥子。理在佛便在，色相無論矣。佛曰吾大覺，是子得吾髓。

【箋注】

　　① 閩王，史稱閩王審知固始人也，唐福建觀察使王潮之弟。潮卒，審知代之，進封琅邪王。樑封閩王。子延翰嗣。一日繙《史記》，有閩越王無諸傳，出以示將吏曰："閩右王國也，不王何待？"遂自稱王。

　　② 恒河沙數，《金剛經》須菩提如恒河所有沙數如是沙等。

　　③ 羅漢五百，樑簡文帝《唱道文》：十大弟子、五百羅漢。

④《莊子》:"計四海之在天地,不似稊米之在太倉乎？白居易《登靈應臺北望》詩:"回首郛歸朝市去,一稊米落太倉中。"

讀劉心芸學正所遺書稿有感

我去未別君,君適寓上方。我歸不見君,君已人琴亡。離別古亦有,其如長參商。憶我識君名,輾轉中心藏。君年纔韶齒,我崴相頡頏。君亦知有我,兩兩遥相望。客從東方來,時當月之陽。邀我識君面,我喜踰尋常。訝登霄漢表,披雲覿扶桑。傾蓋聆玉屑,羣言皆粃穅。芝蘭有餘韻,使我座生香。對君竟日夜,夜猶疑未央。君來我心慰,君去我心傷。前年我遠遊,翩口走殊鄉。望君不得見,閩越煙蒼蒼。君無詩一字,我無書一行。長宵耿不寐,君如來我旁。丰采亦疇曩①,神氣何悲涼。我悲忽驚醒,明月光滿床。思君意更切,轉恐夢非祥。崴暮果聞信,哽咽摧肝腸。客夏返閩土,悽惻上君堂。老父扶杖出,哭訴語何長。語我及君集,寄聲爲表揚。我亦有此意,遺稿誰其攘。昨日郭子來,示我君錦囊。中有寄我書,亹亹②何周詳。此書我未見,幾時達吳閶。箴勸信良友,至死猶相匡。我觀復淚下,夜分尚彷徨。君兮胡不聞,乘風下大荒。

【笺注】

①唐太宗詔:"营魄有识,还如畴曩。"

②《晋书》:谢安,字安石,尚从弟也。父袁,太常卿。安年四岁时,谯郡桓彝见而叹曰:"此儿风神秀彻,后当不减王东海。"及总角,神识沈敏,风宇条畅,善行书。弱冠,诣王蒙,清言良久。既去,蒙子修曰:"向客何如大人?"蒙曰:"此客亹亹,为来逼人。"

射鱔谿《府志》：越王郢時，有大鱔蟠谿上，爲民害，郢三子射中之，鱔纏以尾，人馬俱没。里人立廟祀之，名鱔谿。

曉出東郭門，緩步桑谿里。忽然山峽間，瞥見二潭水。旁有古廟存，廟貌巍然峙。詢之父老言，此即鱔谿是。且道廟中神，越王第三子。自昔鱔蟠谿，民害何窮已。神乘白馬來，張弓復挾矢。射鱔爲鱔纏，人與鱔俱死。里中害遂絕，至今崇厥祀。在宋淳祐時，郡守曾到此。謂靈惟在神，不在一鱔耳。取善宜舍魚，改號善谿始。譬之慈湖倫，比彼廉泉①似。

我聞獨不然，迂晦何乃爾。嘉名固大哉，真蹟反没矣。彼神所以靈，正爲射鱔起。舍鱔而言神，何處見神美。誠如郡守言，此類曷勝指。餘善釣龍臺，胡不置臧否。釣龍便有因，射鱔寧無理。政恐啟後人，純負虛聲恥。吾今爲正之，諒亦神所喜。

【箋注】

①《方輿勝覽》：廉泉在贛州報恩寺，本張氏居。宋元嘉中，一夕霹靂，忽有涌泉，郡守以廉名，故曰廉泉。

蒼雲石次盛百堂韻在平陵書院，相傳宋相趙葵府中三石之一，爲高宗内府所賜。

峭質鐫蒼雲，佳名果孰取。聞道紹興年，趙相作霖雨。三石帝用錫，第宇增媚嫵。遂使磊落姿，偃蹇寄人廡。南宋今已遥，宅廢松空舞。高靖久沈江，忠義屬何主。只此一卷山，不同委宿莽。吁嗟緬嶙峋，述之弗勝縷。誰當袍笏拜①，彼曷獨終古。士有幸不幸，此石已堪覯。世間志霄漢，守璞亦奚補。

【笺注】

①《苏米谈史》：米芾诙谐好奇，知无为军，初入州廨，见立石颇奇，喜曰：此足以当我拜。遂命左右取袍笏拜之，每呼曰"石丈"。后用为奇石的代称。文天祥："三生石上结姻缘，袍笏横斜学米芾。"

硯瀆橋次盛百堂韻 北城下費氏滄嶼園遺址。

結伴出城遊，白日忽西墮。徙倚硯瀆橋，香風雜塵堁。望眼荷花塘，一水綠江灑。葉底紛出没，鬐魚毛髮大。忽動濠濮想①，披襟乘石坐。詢悉舊地基，當年耀江左。金谷有傾頹，鄧尉終窮餓。華亭老高士，此理已參破。剥復吾亦知，君唱漫爲和。安得比芙蓉，泥生偏出污。丈夫貴不朽，田宅非奇貨。

【笺注】

① 南朝宋刘义庆《世说新语·言语》："简文入华林园，顾谓左右曰：'会心处不必在远，翳然林水，便自有濠濮间想也，觉鸟兽禽鱼自来亲人。'"

林梅友 大本 尊人壽言

當世詡結交，虚張十八九。若翁即我翁，往往懸在口。他人福壽長，千金爲致酒。回顧堂上親，采服能娱否？ 林子吾畏朋，素行毫不苟。遊倦忽歸來，遇我途之右。

謂我今孟秋，祝我翁壽考。我記古頌詞，難得脱窠臼。仙佛並岡陵，總落陳言後。我豈泛應酬，敢以塞吾友。即如林子才，人常推八斗。文戰已中眉，筆精還應手。

争爲乃翁誇，書香由世守。所難詎在茲，茲亦世所有。我所祝翁者，自堪傳不朽。憶昔客歲秋，林子夜談久。語及家事長，爲我肝膽剖。長君豔才華,孝友復誰偶^①?

欲勸仲氏讀,寧辭千里走。林子恭厥兄,亦不意相負。勵志惜分陰,披胸羅二酉。其如擊誤椎,況乏儲盈缶。弗忍伯獨勞,拋卷出戶牖。遂使磊落姿,暫寄魚鹽藪。

我聞歎二難,從知有所受。舊披太極圖,時年在癸丑。旁觀爲若翁,中尚列四叟。林子爲我言,伯父季父某。翁年時六十,弟兄同聚首。雖祇衣青衿,勝於拖紫綬。

友愛本性成,得天自宜厚。今又屆十年,精神越抖擻。不服卻老丹,不紉長命絲。松柏屢經霜,常質笑蒲柳。自今茲已往,還童諒無忸。我來登翁堂,爲翁斟一卣。

羨翁素行高,不爲利祿誘。羨翁有子賢,不爲習俗狃。羨翁即祝翁,用以爲翁壽。翁許我言真,應不置覆瓿。

【笺注】

　①《后汉书·戴良传》：良才既高达,而论议尚奇,多骇流俗。谢季孝问曰："子自视天下孰可为比?"良曰:"我若仲尼长东鲁,大禹出西羌,独步天下,谁与为偶?"

采 蓮 曲 四 首

歡住蓮葉南,儂住蓮葉北。蓮葉自西東,不瞧歡顔色。

儂來花不開,花開歡不來。與歡恰相見,花開一百回。

歡道菓有心,儂道蓮有薏。儂解與歡聽,菓心即憐意。

不願蓮並蒂,但願蓮同心。並蒂不同心,那知儂恨深。

赤 蛇 行

野外有赤蛇,蜿蜒伏草莽。頭角聳如箕,吐舌大如掌。鱗甲若屋瓦,橫郊三十丈。旁有蝮虺蟠,獉獉相俯仰。蝮虺前致辭,聲聲喚巨蟒。同彙三百六,爾欲爭雄長。抱質既不凡,何不騰霄壤?依然守曠野,身屈道亦往。蛇言我豈忘,惟時不可強。神龍棲幽壑,寧無御天想。雷雨茲未興,奚由憑鼓盪。從來藏修深,飛騰自不爽。且據要路津,待時而後往。野趣少人知,雌伏以自養。

石 倉 懷 古

閩山煙蒼蒼,閩水波湯湯。山水氣靈秀,一脈鍾洪塘[①]。洪塘窈深處,曹氏有石倉。覽志訪父老,皆云讀書堂。至今百餘載,觀者不能忘。人所不能忘,曹氏佳文章。桃花柳絮句,二語越尋常。我所不能忘,曹氏殉節亡。松筠竹箭操,千古傳芬芳。殉節古亦有,所難在交友。交友亦何難,難於結屠狗。吾聞徐氏子,落落殊寡偶。寄跡混塵喧,托業只擔負。如何一詩聞,尚書驚卻走。三顧下茅廬,締好敬而久。甲申賊獗猖,朝士俱悲傷。死者已黃土,亡者散四方。徐氏白衣裳,來弔曹氏喪。故言聞已死,語畢淚滂滂。尚書不敢見,遂爾頭懸樑。徐氏誼良厚,曹氏尤不朽。相士如相馬,孰能超牝牡。非具青眼高,誰使丹心剖。

【笺注】

①《福州府志》:洪塘在城西,又称西江。明《一统志》:洪塘埔在府城西南十里,自石江而东,经篢渎至柳桥,以通舟楫,唐贞元中观察使王翃开。

余渭原﹝瑛﹞孝廉招飲鎮嶺賞菊次陳沁泉﹝長澄﹞上舍賦謝原韻兼呈主人張維煥並同遊諸君索和

兀坐日不覺，忽忽秋云暮。看書慵老眼，慢遊怯長路。聞說鎮嶺關，高人饒逸趣。蒔花愛晚節，名種勤培護。伻來報始開，今日勿虛度。正欲攜尊訪，偏楓招柬諭。

渭原風雅客，慷慨前治具。佳肴既山列，旨酒復泉注。恰趁乍晴天，結伴徑相赴。若個康紹俱，阿誰籍咸附。伯侶仲和偕，主獻賓酬互。既醉尚頻看，欲歸還小駐。

君復興味長，吾亦顧吾圃。元龍意氣豪，頃刻得新句。吹唾落珠璣，結響叶韶護。君擅崔顥先，我愧邯鄲步。好語諸同人，此景能無賦。賞花莫負花，疊韻寧嫌屢。

儻有詩未成，罰依金谷數。

花開用墾地韻

曾聞頃刻花，妙術謝七七。天工誰人代，抱甕得其一。憶從下種始，勾甲洎初苗。周視靡不至，夙夜其勤恤。陰陽燥濕宜，一一細窮詰。獲此枝葉成，韶秀欣一律。

君看爛漫處，暗暗筋力竭。慨予生貧賤，豈有澤及物。精勤老圃外，脈脈中忉怛。坐度悲寸陰，銷憂聊暇日。恒懼三時怠，貽譏九仞掘。繽紛幸報我，白帝爲驅率。

時需若有待，氣至一何疾。日烘穎上擢，雨壓枝橫出。青黃朱白叢，那復區甲乙。蒙密望無罅，欹互鮮有秩。爛然漏階除，披猖勢莫閟。所悲歲功成，何處落厥實。

空庭張雲錦，可玩不可掇。何如力穡夫，隴首慶實栗。酒熟雞豚肥,笑饜媚歡暱。逝將收身手,薄好從此黜。

題鏡洲_{待楓}姪尋花問柳圖_{有序}

問天下之色何在?曰:花也,美人也;三徑綠紅、六朝金粉,非色也耶?問天下之空何在?曰:花也,美人也;殘枝昨日,豔質當年,非空也耶?乃吾則謂天下之色與空,不在於花,亦不在於美人。何在乎爾?曰尋花尋美人者當之,曰問花問美人者當之。今夫花不過一花之色而已,一美人不過一美人之色而已,而尋之問之者,則不知其有幾千百花、幾千百美人之色在其意中也,然則謂天下之色之在乎是也固宜。第一花固儼然花也,一美人固儼然一美人也,至於尋之問之,則雖欲極幾千百花、幾千百美人之色,而實無一花一美人在其目中也,然則謂天下之空之在乎是也又宜。雖然,色尤莫耶,則謂之色焉可?今試問尋者問者,其為空耶?則謂之空焉可?謂之色,則花與美人色也,畫花畫美人亦色也,即無花無美人並無畫處,亦無非色。謂之空,則畫花畫美人空也,尋花尋美人亦空也,即色於畫而空尤莫空於畫。何者?調脂傳粉色也,而調脂傳粉以畫花與美人,則又色中之色矣;描神取影空也,而描神取影以畫花與美人,則又空中之空矣!顧其為色中之色也,安知非色中之空耶?其為空中之空也,又安知非空中之色耶?此其意又惟尋者問者知之矣!今試問尋者問者,其為色,真有花與美人處,亦無非空。解此者可不必觀吾鏡洲尋花問柳之圖,解此者方可與觀吾鏡洲尋花問柳之圖。

天女散花圖,固是談禪矣。鏡洲尋花圖,並不著禪理。非禪而悟禪,此說從何始。豈知色與空,到處都如是。不觀菩薩緣,拈花笑若彼。談禪無美人,乃被禪縛耳。所以畫西廂,妙在秋波里。我亦過來人,將花笑語爾。爾解尋花時,便為佛弟子。

翠　　閣

美人嬌綽約,春風居翠閣。獨坐不開簾,怕見殘花落。

十二夜枕上口占

　　願言懷所歡，茫茫隔煙水。擬欲溯洄從，未往心先喜。夜半聞雨聲，輾轉三四起。不爲出門憂，怕是無晴始。

古　　意

　　郎心如藕絲，折後空斷絶。妾心如燈花，一夜蒻復結。

卷　二

七言古詩

浴鳳池_{在鼓山。唐樵者見五色雀浴此,故名。}

神仙古所稀,樵者忽識面。鳳凰古所稀,樵者卻得見。榴花洞府浴凰池,兩處樵夫奇不奇。我讀閩郡志,古來傳信合翻疑。記昔景星卿雲帝之世,於傳有之鳳來儀。此外惟有西伯德所致,千載以後重鳴岐。非然,雖使大聖如孔子,猶曰鳳兮不來吾衰矣。樵夫本是流俗徒,談何容易便覯止。吾聞羅浮蛺蝶有五色,神人變化本難測。儻非青鳥之使出青冥,或者佛現之鳥來西域。神雀自是雀,愚氓何詫丹山翼。嗟嗟閩人少所見多所怪,三日不訛言,天柱應崩壞。所以釣龍無真龍,浴鳳非真鳳。倡者一人和者衆,萬古終成不覺夢。

歐　冶　池

廬江之東歐冶池,銀沙漲浪光迷離。榕城之北歐冶池,白波捲雨蟠蒼螭。相傳兩池鑄劍處,雷公裝炭天公助。雷公天公何神靈,容易南驅復東去,烏乎歐冶呼不起,碧花血凝老蛟死^①。芙蓉泣露采石沈,鷫鸘無聲冷秋水。有客搴衣趨上殿,手拭霜鋒眼如電。純鈎一指越

184

王驚,千户之都皆可賤。始知天下不患作者稀,但患識者寡。若使當年無薛燭,但歐冶鑄劍雖多徒換馬。我有肝膽之劍撐肺腑,天外飛歸色太古。不逢薛燭不敢吐,夜夜臨池淚如雨。

【箋注】

① 蘇軾《武昌銅劍歌》:"細看兩脊生碧花,猶是西江老蛟血。"

送陳雲田_{應龍}孝廉遊浙江

昔日君歸我且去,今日我歸君欲行。人生聚首日有幾? 一別一送難爲情。劉四心香豪情識者寡,經年猶滯燕都下。魏二_{香士}今秋遊興生,浙東復騁看山馬。君今別我又遠征,令我心傷淚盈把①。墟頭痛飲更誰人,酒社詩壇剩此身。早識天涯盡知己,當年悔即謝風塵。吁嗟! 男兒生不成名何足道,閉門坐見守枯槁。此意送君便贈君,再逢莫更傷懷抱。

【箋注】

① 杜甫《玉華宮》:"憂來借草坐,浩歌淚盈把。冉冉征途間,誰是長年者。"

銅仙人辭漢效長吉體

瑤池露泣碧桃死,西母東方呼不起。霎時青鳥換青龍,空盤冷落寒宮裏。牽車獨出荒關道,魏宮大笑銅仙惱。滿臆君恩血淚枯,酸風一哭秦天老。人生最苦惟離別,漢月無光聲斷咽。信是無情亦有情,肝腸誰道剛如鐵。

苔泉歌越王山，一名龍腰山，半蟠城外者下有泉，曰苔泉。

有龍有龍北山嶺，龍腰龍舌相鈎連。龍腰山上爲靈脈，龍舌山下爲飛泉。何人創此驚天語？問渠幾見龍垂涎。吾聞越王釣龍龍在淵，越王一去龍高眠。王子吹笙雷倚鞭，呼龍不起耕雲煙。悲鳴吐舌流瀎瀎①，烏乎！龍兮龍兮，爾之生也爲那則？胡不翻瀾舌底生滄波，坐使郊原萬里沾滂沱，竟乃寂然高臥此山壑，龍髓飛空能幾何？

【箋注】
① 温庭筠《茶歌》：“乳竇瀎瀎通石脈，緑塵愁草春江色。”

放鶴亭懷古《府志》：在烏石山，即崔幹放鶴處，今名冲天臺。

九州名蹟多殊致，放鶴之亭乃有四。一在河南彭城山，一在江南虎邱寺。西泠佳勝數孤山，古閩烏石合爲二。合爲二，是謂同中復有異，三亭鶴去便歸來。烏山一放何曾至。崔郎自是知鶴者，謂鶴鳴在九皐聲在野，故能將鶴放作飛天龍，故能將鶴放作行空馬。不然放鶴之亭夫豈寡，崔郎去后淚禁灑。徒使人間霄漢姿，頻年猶困樊籠下。

盆中紅蓮歌

名花與美人，神似意亦似。美人不願入宮中，名花豈願栽盆裏。烏雀孤飛銀漢高，弗樂鳳凰寧樂死。秦女羅敷自有夫，肯爲使君豔桃李。長門秋冷夜如年，銅雀春深妹和姊。晛妝怨粉常相憐，朝望君恩暮承旨。嗟嗟！紅顏老去空房多，苦心苦蕙傷若何？君不聞盆中紅蓮歌。

胭脂團《府志》：在北嶺三十里，相傳閩王女兒梳洗處。

北方之北胭脂山，霜華萬點堆紅殷。南都之南胭脂井，石色爛斑玉膏冷。燕山失去胡女愁，景陽泉水空悠悠。杯酒欲澆向何處？憐香須上古閩州。閩州北嶺三十里，絳雨凝酥土花紫。相傳此地胭脂團，香蹟長存美人死。美人已死可勝悲，回首當年全盛時。硃砂臂點守宮血，鳳仙染指彈青絲。曉樓郡主起梳洗，釵釧聲喧繡簾啟。櫻桃錠破真珠屑，脂潑殘紅流灑灑。君不見壽陽春睡鬢如鴉，額尖五出飛梅花。又不見安樂下嫁沸車馬，光體照人甲天下。王家妍醜①古不傳，何事臨風涕頻灑。雖然吾聞尤物靈所鍾，豈有其蹟無其容？錦谿香浪唾壺淚，嬩鹽那得追遺蹤。吁嗟閩王女兒沒，閩王霸氣亦銷歇。同是胭脂土一邱，兒留香澤爺埋骨，怪道紅顏不白髮。

【笺注】

① 妍醜，李子卿賦："照之无私也，自分妍之与醜。"

癡 奴 歌

癡奴多炎心，而主竟傲骨。早知冰炭不相侔，胡乃龍蛟棲一窟。憶爾初在建谿時，悵悵南浦無所之。窮途我見心弗忍，遺以裳服資其飢。我遊平陵嗟孤獨，風霜挈爾共餐宿。仗義不及古崑崙，嗜酒偏同郭老僕。秋衫典盡黃金空①，主兮食菜奴食肉。奈何！眼逢勢利口流涎，附熱便思鶯出谷。吁嗟乎！我待爾如彼，爾待我如此。我亦不須頻責爾，只愧我非蕭穎士。

【箋注】

① 黃金空,李白詩:"一朝狐裘敝,百鎰黃金空。"

用昌黎山石韻和高心蓮太守種菊之作

簾風颯颯鑪煙微,先生對菊神俱飛。座間幽豔不一種,譬之趙瘠
兼楊肥。蘧然得意渾忘辨,五柳迄今殊覺稀。年來幽養悟真諦,落英
盈掬充腸饑。足音空谷既寥寂,偶歷塵境下山扉。秋芳復購數十本,
斗室晨夕寒香扉。羨君高擁錦屏障,宜乎輕拋金帶圍。從此酡顏自
怡悅,煙霞為飯雲為衣。我亦有志追仙躅,豈受人間勒與覊? 他日崆
峒褰裳從,君兮肯與僕同歸。

用前韻贈盛百堂灝元茂才

秋河耿耿雲纖微,翛然烏雀方南飛。展翼弗顧羽毛短,繞樹非慕
稻粱肥。翱翔瀨水寡儔侶,悲鳴終夜星月稀。華亭鶴唳遙相應,披霧
一見忘調饑。君雖未倒驚座屣,我偏欲叩登龍扉①。偶從黃子誦佳
製,開函玉屑紛霏霏。所擬古體尤倔健,幽燕老將衝重圍。中間無事
細點綴,宛如無縫成天衣。豪情邁往愈蓬勃,渴驥奔泉難受覊。吁嗟
乎! 雲間二俊今已杳,微斯人兮誰與歸?

【箋注】

① 登龍扉,《世說新語》:登李膺門者時號為登龍門。

再用前韻述懷

日居月諸胡迭微,頻年壯志懷雄飛。邇來偃蹇覺無賴,灰心始肯

稱邂肥。憶我平居湫隘巷，滿庭落葉車馬稀。粒如珠貴薪如桂，侏儒
飽死臣朔饑。親朋白眼少相顧，愁眠鎮日關重扉。慨想彼世誰家子，
皇華載詠雪霏霏。丈夫不使便當將，下馬草檄上衝圍。奈何覥然賦
七尺，空灑孤淚沾牛衣。而今伏櫪詎堪問，弗中鞭策空受羈。擊劍歌
罷唾壺缺，搔首問天予安歸^①？

【箋注】

① 安歸，宋玉《九辯》謂"騏驥兮安歸"。

自題呼龍耕煙種瑤草圖小照

呼龍耕煙種瑤草，古錦囊中毓靈寶。空山鶴叫雷電驚，千載茫茫
感懷抱。我今作圖拾君句，持向阿誰知此故。豐隆荷鍤馮夷趨，黿鼉
鯨呿笑無數。客疑斯語何荒唐，揮鋤幾見龍勝驢。琪花玉樹豈塵種，
神山縹緲天蒼茫。君不聞陵陽竇仙子，七尺珊瑚釣秋水。濤翻霧捲
曾上鉤，誰道雲深呼不起。吁嗟乎！丈夫骯髒鬱高志，叱咤風雷亦遊
戲。芝田萬頃草長生，且飼青鸞飽赤驥。

秋后花开次盛百堂作

黃葉滿庭秋老矣，百堂先生病初起。語予籬落花欲開，我輩又償
詩債始。吁嗟予愧久輟吟，忽爲先生癢其技。禿毫苦澀腸愁枯，荆棘
叢生徧舌齒。況有先生之句如琳瑯，覺我形穢安敢擬？偶將孤韻戲
一拈，旋歡興盡亦中止。昨日先生復告予，載菊舡來在江矣。主人不
惜十千錢買花，豈惜十千沽綠蟻。笑我老饕有同癖，剗逢佳日蟹正
美。一時催花兼催筵，得句粗率頗自喜。烏乎！予生從來花緣薄，舊
事歷歷俱可指。憶昔約君共遊山，領畧姚黃並魏紫。俗塵三斗撲不

盡,負卻春風隨杖覆。今秋我有看桂約,纔到花開君返里。予亦臥病不果行,虛度秋光又如彼。祇記炎天菡萏香,尚得徘徊水中沚。胡爲所願或償或不償,此際未嘗無其理。吁嗟我生少貧賤,世態炎涼花亦爾。牡丹富貴桂倚雲,與我相違良有以。蓮花日得百回看,彼乃花中號君子。而今叢菊復相逢,此亦古稱隱逸士。不然予已將賦歸,底事花時猶在此。始信人生有命存,莫謂萬事偶然耳。請還以質之先生,不知先生意何似?

丹　荔　行

海山仙人居南州,絳襦玉質誰與儔。林檎是兄榴是弟,龍眼特屈爲蒼頭。王家有女嬌如許,不肯故園傷獨處。仙人媒嫁陳將軍,養子纍纍妙可語。香肌如雪白且肥,生平愛著紅羅衣。昨日長安飛騎到,將軍攜子見楊妃。楊妃一顧還一笑,借問郎君何太肖?呼僮攜與三郎看,三郎殿上宣丹詔。侍兒笑臉入宮報,詔中敕賜狀元號。葡萄紅錦四千匹,百斛珍珠並玳瑁。將軍拜賜歸故鄉,入門進與十八娘。還向海山謝鶴使,海波渺渺煙蒼蒼。

前　題

驕陽帀地炎雲起,瘴嶺纍纍散霞綺。園丁走報主人知,滿座酡顏①皆色喜。南風吹客上楓亭,繞林朱實紛流星。丹頂斜翹鶴夢警,纈珠低捋龍眠醒。主人顧客客大笑,火傘高張烈如燒。慨言恨不遇髯蘇,百顆啖來足詩料。只今欲繪三友圖,江瑤之柱河豚腴。使我酒酣渴疾解,龍眼不中爲渠奴。主人聞語道爾爾,幸得生居閩海邇。不然萬里紅塵行路難,安能嘗遍宋家香陳家紫。

【箋注】

① 酡顏，姚樞詩："須臾高歌半酡顏。"

前　題

火雲壓林林欲然，珊瑚瑪瑙無人穿。驕陽午燒炎官起，滿樹臙脂暈凝紫。開元中使傳召書，驚塵一騎來山墟。霞城下馬赤光吐，頳珠探頷龍眠初。絳雪仙人生海嶠，入宮只博阿環笑。萬顆輕紅今尚存，馬嵬錦襪空憑弔。眉山先生號髯蘇，江瑤斫柱魨烹腴。伯游未酹洗盞喜，冰盤細擘忘尊鱸。傾城已隔才子老，前唐後宋誰能道？安得丹丸十里林，南風吹變還魂草。

秋日諸同人招集王氏園賞菊分得七古一首

秋風掩徑名花稀，一樽一菊哦蓬扉。忽聽剝啄訝誰至，無乃送酒來白衣。開門會語囅然笑，爲菊招我是耶非？朋曹聞言皆首點，趁晴徑往無相違。主人出款客人室，寒香繞座紛迷離。或盆或瓶相錯落，若屏若障連罘罳。袨妃竟合大士笑，趙燕忽並楊環肥。錦羅張傘階下列，海雲卷幔樓間飛。雞冠向曙濺微露，鶴翎旁晚回斜暉。西家二色號莫辨，先生五柳名何知。閒評休論瑪瑙種，坐對且酌葡萄卮。藏鬮射覆客正滿，疏枝瘦影燈交輝。酒腸頗寬蟹腸窄，主杯未盡客杯欹。興闌酩酊各辭去，乞花猶插盈頭歸。

題《二樂圖》送葉培根申薌改官滇南

培根太史吾老友，藉酒澆書書下酒。生平祇此博真樂，魂磈胸中復何有？少年射策金馬門，承恩珥筆登詞垣。秘府有書窺萬卷，玉堂有酒醉千樽。先生得官真得意,謂可行吾昔所志。高吟縱飲正酣嬉,滇南忽報須循吏。帝云循吏宜醇儒,不許書生安酒徒。一朝檄下教出宰,麴車經笥驅長途。士元才豈止百里,醉眠且爲蒼生起。宰相原須用讀書,一治一邑無難耳。或喜所治稱富民,民既富矣官寧貧。君言但得買書買酒足,留與清風對故人。

水 晶 宮 歌^①

閩宮秋,閩王愁,當年豔跡空悠悠。西水頭,誰家樓,藕花菱葉滿汀洲。水晶宮址在何處,水晶宮瓦埋松楸。閩王酣宴奏簫鼓,數里珠簾夜月收。宮人帳裏香熏被,宵瓔歸郎記得不?吁嗟!鳳兒已飛去,燕子又難留!誰爲君王歌樂遊?至今衰草斜陽外,只使行人弔玉鉤。

【箋注】

　①《十國春秋·閩嗣王世家》:跨城西西湖築室十餘里,號曰水晶宮,每攜後庭游宴,從子城複道以出。

擬郭代公寶劍篇

君不見豐城紫氣凌雲煙,斗牛直逼光芒然。張雷不出歷多年,安辨太阿與龍泉?獨有聰明淨冰雪,開函一見咸驚絕。匣中三尺掣飛霜,鞘上雙鐶掛缺月。從來寶物脫風塵,豈復泥塗老此身。不厭摩挲日百遍,所惜肝膽無其人。吁嗟乎!當年未識誰捐棄,遂使沈埋古獄地。我若聞雞起舞時,長歌持向青天倚。

獨木鼓 《福州府志》：萬嵗寺在九仙山麓，有獨木鼓，大可五圍，刻頌其上，傳爲北宋時物。

豫章木，伐作鼓，作鼓乍成走臨武。從茲奇蹟記荆州，聖鼓名城傳萬古。或言此木徑二丈，伐來作鼓世無兩。奈吾未見木之材，果是囫圇爲顙吾。閩城南萬嵗寺有鼓，有鼓吁可異，獨木造成大五圍。刻頌其旁以爲志，傳是北宋物。曾向深山采蟠屈，采來不用破斧斤，采來只用施剞劂。冒以鼉皮厚如指，擊之聲聞數百里。捨在寺中作法器，舊事傳聞只如此。嗟嗟此鼓之質亦是木，胡爲天之生使獨。儻然斲作棟與樑，未必難支厦傾覆，乃徒製作咽咽音，奇材仍得留至今。謹以立動動進衆，遺聲千載感人深。君不道寒山之鐘大盈堵，君先聞鼓后聞金。

夏日戲作十二辰詩二首

酷烈炎威火熏鼠，野牛氣喘奔河渚。旱魃猛於虎咥人，狡兔三窟走無所。高卧元龍百尺樓，飛杯如畏弓蛇浮。我馬既瘏遊興懶，商羊不舞天爲愁。獼猴緣樹晚風至，雞棲於桀日西墜。渴疾誰將犬子醫，閒情且作豬奴戲。

渴鼠翻盆攪夜眠，床頭牛鬥蟻盤旋。饞蚊嘬膚等餓虎，兔魄不碾冰輪圓。老翁龍鍾醒而起，扶杖蛇行懶復止。擁卷皆窮班馬難，尋朋鄰恨求羊麛。沐猴未醉冠先除，雞黍謀婦治肴蔬。侵晨招柬遺黃犬，相約坡老燒花豬。

題吳直庵《耕經圖小照》

三代以上士農合，負耒橫經偏不雜。三代以下士農分，儒冠草服爭紛紛。抑知爲士務實業，課功豈外如農勤。先生悟得此中旨，半畝硯田率孫子。漫云亦讀還亦耕，莫認是農原是士。即今泮水羨二難，經畬便作有秋看。後起羣英當競秀，豐玉荒穀博君歡。披圖我爲先生喜，又怪此圖未觀止。君家倘有老萊妻，胡不繪來尺幅里。謂渠不知書，東萊博議誰參與。謂渠不知農，冀缺饁耕何從容。況復伏生傳經女可儒，康成傳詩婢亦徒。脂香粉澤匪無用，滋潤藝圃稱膏腴。會須更倩丹青手，重寫全家耕讀圖。

烏鰺

閩南海市何弗有，螺螄量斛蛤量斗。豪奴日食費萬錢，猶然下箸無適口。東海夫人生一子，厥子形酷類若母。僉云禮有小爲貴，曷弗攜之來佐酒。我驚此物未分明，海經水族無其名。流俗安得相附會。蚌應是父蟶是兄。或傳舊號海瓜子，料亦象形姑妄擬。江瑶柱之與荔枝，二者齊聲良有以，儼然佳比西施舌，此物合喚孫妃齒。最憶酒闌人散時，滿院星星簇螻蟻。豈徒吳季劄觀樂，檜曹雖細無譏矣。抑亦淮陰侯點軍，正欲多多益善耳。烏乎我歌如是止，且向盤中一染指。後之覽者意若何，數典還應從此始。

龍腰山 即越王山半蟠城外者，下有泉，曰苔泉。

龍首山，在西安，西安日遠雲漫漫。龍尾山，在新安，新安路遠關山難。首尾二山不可見，誰建作宮鑱作硯。我身生長古閩州，只有龍腰在當面。龍腰山出三八都,山蟠城外連城隅。傳是越王舊龍脈,千年一綫通茲區。越王自是屠龍者,何惜此龍一腰髁。不教受破斧斤痕,道左立碑曉聾啞。曉聾啞,紲道跨龍如跨馬,當年記得韓文公也。騎龍手抉天章也。不然潘佑折龍腰,帝云謫向紅塵下。吁嗟我姓本非韓,非韓之我亦非潘。且向龍腰看一看,但見苔泉是龍舌,飛湍夜夜珠光寒。

梅亭山弔鄭少谷先生墓

古來節士工詩詞,多爲忠憤所馳驅。君不見少陵每飯不忘君,揮毫落紙成煙雲。又不見少谷先生時紛紛,憂俗閔世垂空文。先生職居吏部郎,外內變故鄰蕭牆。朝廷又不自警悟,南巡北狩方未央。庸人盡道樂難量,智者方驚事變長。先生進言群小多,君不知兮可奈何。進顛躓兮退鬱抑,思君之心見寱歌。此志上可追子美,無病呻吟言何頗。晉安之詩尚温柔,公獨矯之勁且遒。龍蛇夭矯肉屈强,氣魄雄毅冠千秋。浩氣常存宇宙間,悲風蕭蕭梅亭山。千秋黃土掩詩骨,魂嘯湖水一片月。

閩忠懿王德政碑

秋日散步閩山陂,上有閩王德政碑。自梁至今九百載,功名尚與石不移。如觀坐鎮全閩日,似見開門節度時。憶昔唐室將沉淪,冤句獥貐牙斯人。惟王赫然一怒起,拜劍躍出何其神。潮頭才落矢口出,三郎白馬開煙塵。風雲變色威靈震,天地爲之動星辰。王復不忍民苦戰,事梁納貢稱蕃臣。衣冠避地皆到此,招賢禮士蘇群倫。梁王深嘉德政美,敕競作頌鐫貞珉。嗚呼以王勇且慈,抑何烜赫留人思。石勒猶著開平字,當年神武生英姿。九龍帳暖錢入腹,霸氣雖滅石不隳。吾聞昔有墮淚碑,此碑看罷淚亦垂。

卷 三

五言律诗

哭 蔡 鄞 水

昔我離家日，思君贈別詩。如何三載隔，空對一棺悲。久病無書寄，逢人始問知。劉郎餘恨外，曷禁涕交頤。

盛百堂書來作此復之

老友西泠隔，相思日百回。關山難夢達，風雨忽書來。遇識頻年況，詩增舊日才。感君珍重意，屢欲向人開。

別 林 穎 瑞

其奈吾言別，偏當汝亦行。臨歧各分手，回首不勝情。古路三秋雨，孤帆萬里程。何時重促膝，杯酒話平生。

別 張 千 戶

望眼疏林遠，西風滿目秋。出城行十里，小別上孤舟。從此長天隔，何堪兩地愁。如君應不賤，努力覓封侯。

惜　　別

古路洪山遠，何當汝送行。三年猶未許，一別更關情。曉露侵衣濕，秋波照眼明。臨歧多所囑，嗚咽不成聲。

舟 次 漫 作

歷盡風波險，方知行路難。長途驚跋涉，病骨喜平安。月色孤帆暗，溪聲一枕寒。夜闌開户看，煙水兩漫漫。

寄　　内

莫爲長貧怨，而夫舌尚存。出門圖遠大，累汝代晨昏。孤枕添鄉夢，青衫疊淚痕。六年猶復爾，何以慰新昏。

病 中 立 秋

閏月將三月，驚心又立秋。雨聲簾外静，涼氣枕邊收。落葉關情問，西風滿目愁。誰憐倦遊客，臥病未曾瘳。

惆 悵 二 首

欲贈更無語，相思只此心。鏡中顏色減，枕上淚痕深。入夢有時共，聞香何處尋。那堪彈綠綺，惆悵短牆陰。

咫尺蓬山遠,蛾眉不易尋。新愁添夜永,小病與春深。已負三生約,誰憐五載心。瑤京何日會,空聽佩環音。

題吳直莾尊人選林先生遺照二首

悲哉吳仲子,爲我述先型。生世遲三月,遺書守一經。有兄仍早逝,顧影自零丁。託取丹青意,依稀奉鯉庭。

賤子命同薄,傷心亦少孤。聞言頻拭淚,感恨忍披圖。硯想傳家舊,琴知與俗殊,臨題嗒焉喪,手澤我寧無。

醇兒入塾作

五十才生子,而翁鬢已蒼。今偏揩老眼,見汝上書堂。索解知兒慧,兼師作父忙。最憐勤識字,嬌語問先娘。

苦　　記

苦記西樓夜,還餘未了緣。簾斜三徑月,人醉五更天。撥火香在手,簪花春滿肩。不知淮水上,猶復帶娟娟。

柬希齋陸大二首

吾愛雲間子,人懷物外哀。對牀曾話雨,談塵欲生風。一字知無敵,羣鷗許獨籠。何當每相憶,翹首武林東。

不識錢塘在,迢迢路幾千。故人料無恙,一別忽經年。望眼音書

198

滯，關情夢寐牽。聊將梁月意，紀上彩雲箋。

大　雨

樓臺雲氣暝，遠望失峻嶒。破屋風欹瓦，疏簾雨撲燈。家僮穿蟻穴，鄰舍設魚罾。夜坐誰能慣，禪床有病僧。

五言排詩

寄盛百堂

迢遞書千里，殷勤問百堂。故人相久別，落月思難忘。聞説君行止，今茲寄浙杭。湖山添謝屐，詩句滿奚囊。我輩無佳境，閒居只舊鄉。追原貧且病，學沉瘦偏狂。壯志牛衣冷，華年馬齒長。不堪知己道，投筆望茫茫。

次蔡鄞水贈別原韻

帀地西風緊，微軀悵獨行。揚鞭隨馬首，舞劍趁雞聲。孤館寒螿泣，重關夜柝驚。夢魂迷越國，山水近吳城。差免窮途哭，寧希倒屣迎。文章憑價減，時命借權爭。跋涉心愈壯，阿容術未精。天涯無以報，空負故人情。

和邱雨巖瑞雲孝廉感懷原韻

閱歷君增感，蒼涼我動思。險原知世路，貧奈寄人籬。空自懷投筆，誰能信脫錐。冤禽圖海塞，愚叟欲山移。操豈渝堅白，蹤難合惠夷。雙蓬雖歎老，一木尚支危。悔晚勤牢補，防微恐蔓茲。君親俱未報，曷敢戀銜厄。

五言絕句

春　夜

小院遲遲夜，寒塘寂寂春。最憐初上月，獨照未眠人。

二　十　夜　集　句

殘月入簾箔，西風吹羅幕。佳人期不來，燈花閒復落。

陳士竹明府招集夢筆山房分得來字二首

作客驚秋到，偸門訪勝來。主人江令埒，仙吏屬多才。

雅集群賢共，新詩五字催。誰先成好句，莫是夢中來。

卷　四

七言律詩

代題屏上扇面班妃

滿腔幽恨託齊紈，曾爲涼颷誤合歡。隔世未忘宮裏怨，現身又作扇頭看。

是誰羅袖驚秋至？忍使雲屏顧影單。畢竟朝朝邀一盼，棄捐篋笥不須歎。

買　菊

卻愛名花淡入神，薄寒猶自典衣頻。預沽樽酒招佳友，盡散囊金結冷人。

月滿一籬秋有價，糧分無斗患忘貧，笑他傲骨清高甚，也爲多錢賣此身。

次張奇峰贈別原韻

滿江蘆荻月沈沈，獨對西風倚櫂吟。異地山川初入眼，故鄉煙景倍關心。

客中無物酬知己，塵外何人屬賞音。每憶蕭齋揮麈夜，不堪惆悵淚沾襟。

吟 餘 有 感

更無消遣客愁中，終日吟哦興未窮。誰肯一頭放蘇軾？可憐五臟出揚雄。

曲傳孤憤成秋士，詭合時趨屬夏蟲。再世中郎今不遇，爨前自分作焦桐。

同盛百堂黃耦賓世發東街看牡丹歸登太白樓

曾記清平調絕倫，名花千古藉傳神。可堪結伴逢今日，頓使臨風想此人。

拂袖香塵猶未散，登樓眼界又添新。歸來還訂遊山約，爲惜殘春不厭頻。

和張燮軒經邦明府東街看牡丹原韻

綠滿紅紛未盡刪，東風留此駐芳顏。正當佳日尋春去，恰及清宵①倚醉還。

富貴有花三月好，太平無事一官閒。吾曹不速慙爲客，只合憑欄獨看山。

【箋注】

① 清宵，梁武帝詩：“清宵一己曙，藐而泛長洲。”

偶　　成

浮萍飛絮滯平陵，分外閒愁日日增。千里關河迷古國，一方煙水隔良朋。

春當作客尤難別，山爲懷人不厭登。踏遍郊原歸路晚，西窗擱筆對孤燈。

史子叙茂才有賞桂之約詩以速之

舊約分明已及瓜①，木犀曾否競秋華。連宵聽雨關心切，盡日臨風望眼賒。

佳節漸驚過白露，幽芳又欲數黃花。如何剝啄無人到？寂寂門庭噪暮鴉。

【箋注】

① 及瓜，《左傳·莊八年》：齊侯使連稱、管至父戍葵丘，及瓜而代。

謝燮軒明府餽鰣魚

料因連日索枯腸，特購時鮮與細嘗。忽對盤餐驚惠貺，頓教風味憶家鄉。

貪心詎必兼熊掌，恨事渾忘配海棠。寄語眉山蘇學士，有殽無酒願誰償？

三月晦日變軒明府招集觀劇並詩
見示因次其韻二首

郎當翠袖舞旋波，醉裏還聽白雪歌。寫貌看他人傅粉，逼真宛爾宇從戈。

自從善病疏慵甚，況復逢場感慨多。畢竟諸公還我健，興來遑問夜如何？

敢說吾生陸地仙，扶笻躡屐遍山川。愁來詩酒添新債，春盡鶯花訂後緣。

永日相思多遠道，東風此別又經年。何當殘夜銷魂曲？一度聞聲一愴然。

疊前韻（二首）

綠碎紅凋付逐波，感春空自發清歌。一從心壘初張幟，百戰詩壇未息戈。

作客可堪花事盡，懷人無那淚痕多。酒闌恰是更闌後，隔院還聽喚奈何。

遨遊安得挾飛仙，歲月蹉跎感逝川。玉勒金鞍餘子貴，詩瓢酒碗此生緣。

何當豔曲聽殘夜，頓使桃花憶去年。愁到十分消不得，伴他蠟炬徹宵①然。

【箋注】

① 徹宵，徐鉉《春雪》："晴去便爲經歲別，興來何惜徹宵看。"

明府又疊前韻見示復成二首

乍起波平又一波，羨君三日繞梁歌。由來善舞知長袖，從此傾心覺委戈。

慧舌不嫌分韻險，枯腸翻笑患才多。試參曩昔題糕句，未識劉郎更若何。

朝朝空賦小遊仙，七碗誰能解玉川。病骨强支連日酒，愛根懶種後來緣。

春殘吳下餘雙鬢，夢覺揚州待十年。自是司空渾見慣，當場歌舞總蕭然。

有　　寄

明知無益日紛紛，强把愁心付白雲。孤枕夢回初聽雨，殘宵寒重又懷君。

如何小別經三月，故與相思到十分。有客梁谿驚乍至，空勞消息問殷勤。

哭　劉　心　芸

總角論交已恨遲，何當又抱死生悲。前身慧業君終此，後起才人我畏誰。

千里得書猶誤夢，九泉①無路竟長離。可憐孤客天涯隔，淚滿寒衾病不支。

【笺注】

① 九泉，黄庭坚《悼往》：“顾瞻九泉兮岂其可作。”

有　寄

五年憶與藭燈論，遠道相期即感恩。挾策幾曾操趙印，吹簫今已滯吳門。

嗟予薄命知音少，賴汝憐才具眼存。自是英雄成敗定，紅顏畢竟屬多言。

五色蝴蝶和慶晴村_霖。將軍即次原韻（五首）

仙使瑤池到亦稀，忽看結隊草頭飛。過牆錯認非煙影，壞幅猶存萼綠衣。

螢火撲簾齊暈碧，蘚痕帀徑更添肥。是誰匀卻描眉黛？搨得滕王就本歸。青。

秋日茸茸老圃稀，三春先繞菜籬飛。花磚影亂黃綿襖，檀板歌翻金縷衣。

鶯正捎時梅未熟，蜂俱鬧處杏初肥。洛陽多少尋香路，偏戀姚家不肯歸。黃。

麴塵香土未曾稀，故傍榴裙栩栩飛。生世早知從橘蠹，遊蹤恰好落蓮衣。

桃林宿認桃花薄，鶴草棲疑鶴頂肥。憶否夢中家萬里，杜鵑啼血不如歸。_赤。

柳絮相兼未覺稀，清明誤作紙灰飛。若教鳳子來珠苑，合共鸚哥喚雪衣。

墜粉欺憑風燕小，戀香團逐玉驄肥。爭憐花底秦宮活，月滿堂前尚未歸。_白。

春霧迷濛得見稀，漆園睡醒魄猶飛。欲登香界披緇衲，爲衛花城補黑衣。

貓號鳥圓應共戲，蟬名真武詎嫌肥。鬼車那得元駒駕，棟樹枝頭自在歸。_黑。

又　成　二　首

芳草池塘夢已稀，苔痕帀徑故飛飛。穿花併入東風眼，撲扇輕黏侍女衣。

蘭圃風生香乍暖，柳橋雨過綠添肥。蓮香踏遍春郊路，偏逐佳人拾翠歸。_青。

桃源消息未全稀，忽學桃花片片飛。亂閃日光過閣幔，誤翻風色點朝衣。

午窗如醉人初夢，雨砌相思子正肥。記得煉砂勾漏令，羅浮羽化幾時歸。_赤。

並蒂素心蘭二首

九畹^①芳姿迴絕塵，偏教並蒂結前因。誰言君子渾無黨，卻喜佳人恰有鄰。

縞紵交歡溱水外，珠瑠雙解漢江濱。東家琴操南村句，合向庭前譜兩巡。

湘江客過偶聽歌，便問評花意盡麼。孤影料嫌香谷冷，同車喜得璧人多。

王家昆友聯金玉，宋代風姿合阮何。比美再賡新樂府，並根藕上是圓荷。

【箋注】

　①九畹，《聞見後録》：黃魯直《蘭説》云："楚人滋蘭之九畹，樹蕙之百畝，蘭以少故貴，蕙以多故賤。"非是。蓋十二畝爲畹，則九畹百畝亦相等。

感　懷

黑貂已敝橐金空，瀨水蕭蕭又朔風。壯志詎曾忘馬革，窮途暫且寄鴛籠。

自媒毛遂羞真士，詭遇王良笑賤工。首尾畏難餘有幾，不堪長嘯問蒼穹。

次高心蓮太守種菊原韻二首

心跡澄然造太空，又從彭澤紹遺風。座堆晚圃幽容淡，人擬芳蘭臭味通。

爲愛名花耽隱逸，渾忘秋色老梧桐。試看燒燭高吟夜，何似停車悵落紅。

鴻篇恬詠眼逾新，卻訝先生筆有神。雅淡寄懷堅晚節，蕭疏寫照證前因。

自開壁壘成孤唱，更羨琳瑯集衆賓。深愧秋花合賠誚，漫將下里和陽春。

感　　懷

入夜西風鬢欲斑，天涯寥落一身閒。月當失意恒羞對，人午離鄉或夢還。

萬事仔肩虛願切，半生閱歷俗緣慳。而今已識成無用，未肯攜家便隱山。

疊孌軒觀劇韻戲示黃耦賓孝廉二首

珊珊若個轉秋波，宵盡還邀共聽歌。檀板聲中傳曉箭，彩雲影裏側天戈。

誰傳南國佳人最？翻向東風宿恨多。參透六塵吾豈敢，只因無計奈愁何。

驚鴻翩若屬神仙，流盼君應賦洛川。共醉可曾酬夙願，相逢多半是前緣。

海棠態度看今夕，楊柳風流更幾年。好把國香細調護，莫教零落轉悽然。

酒後同張可亭周鑑冰觀荷歸次偶成

倦眸初醒酒初闌，競說荷塘盍往觀。晴日恰成三友伴，晚涼不厭百回看。褰裳欲采當誰遺,解語如渠趁未殘。興到忘歸頻徙倚,樹梢已見月輪團。

祝林蓼懷_{軒開}明府四十壽辰

湖山清福正無邊,果屬才人自得天。如此謫來香案吏,幾經修到大羅仙。最佳時節當三月,莫大文章足百年。好是相逢盡知己,舉杯齊結喜歡緣。時在座劉心香、姜調甫、魏香士諸人。

和劉心香_{士棻}北行感賦八首即次原韻

話別怱怱忽整裝,離愁相對曉煙蒼。征途歲暮風霜冷,吟社人稀筆硯荒。每想素交埒崔魏,何堪隔屋盼求羊。豪情記否當年事,夜月壚頭喚索郎。

近傳感賦句如仙,試卷盈囊向朔天。漫與古人期后會,已從遠道著先鞭。幾經忍辱猶存舌,似悟重來不值錢。一紙留教殘篋貯,相逢聊以證他年。

休嗤若許剩頭顱,百不如君尚有吾。好大雄心輕絳灌,登高捷足擬都盧。放懷千古長歌弔,翹首中原一望吁。悲憤自誇多壯志,此生料足副蓬弧。

誰道偏同畫地趨,逢場縱博注仍孤。無成事業馳河蚷,虛度韶華過隙駒。南阮屢窮途欲哭,西江難待肆將枯。寒燈獨對更闌後,擊碎壺旁按劍吁!

霜雪頻驚兩鬢侵，腰圍頓減病愁深。三年蓄艾難爲藥，九轉燒丹不點金。結客囊空餘俠骨，逢人舌敝費婆心。看看世界誰青眼，莫怨銷聲爨下沈。

素心人幸比鄰居，晨夕相親共結廬。敢詡閉門成絕業，卻欣下酒有藏書。賓朋小集聊新句，蔬笋間收薦晚廚。塵語不聞車馬寂，酣眠何用意躊躇。

六千里外望茫茫，梁月連宵夢幾場。少得到門因契闊，常來問訊費徬徨。雖貧有母憐偏健，各瘦何人算獨強，無那漫將佳句和，還如偷譜按霓裳。

寄聲走馬看花時，消息長安早報知。擲地文章原有價，上天詞賦可須吹。戴琴一碎聲應長，和璞終售力未疲。笑看鳳毛疑有兆，春風新苗上林枝。<small>心香臨行舉一男，名上林，故云。</small>

輓丁倉石四首

聚如泡影散如煙，小住塵寰十八年。昌谷竟教才屬鬼，鄴侯枉說骨成仙。世間福果憑誰受？身後名應藉我傳。畫石數拳蘭幾種，故人遺贈更潸然。

記從夙昔訂同鄉，晨夕招邀忘隔墻。結客常羞流俗伍，憐才不厭比鄰狂。衣香鎮日留荀令，藥裏長年問沈郎。忽歎春風成永別，那堪重過夢松堂。

恨海茫茫悵未休，琉璃易破彩雲收。貯嬌乍聽營金屋，召賦旋驚赴玉樓。妖自人興偏禍汝，身緣情死誤傳不。芙蓉城主氤氳使，位置泉臺果孰儔。

爲鬼揶揄遠道回，到門都作送君猜。滿腔熱血多成淚，百種雄心盡覺灰。知已祇今餘幾輩，忘年可易得斯才。他生端合羈天上，寄語人間莫再來。

和葉曉崖孝廉感懷四首即次原韻兼呈王南陔_{紹蘭}廉訪四首

壯心激越與天遊，其奈蹉跎幾度秋。窗際漫誇能貫虱，棘端終愧未成猴。虛名到處傳江夏，長纓何年出柳州。笑我閒居空作賦，疏慵還是守園邱。

幸仰無雙國士風，亭亭鶴立衆人中。詞源浩瀚傾三峽，筆陣聱牙挽六弓。不信終窮同阮籍，奚須多恨學文通。司衡儻遇廬陵日，肯使坡公怨勒紅。

天涯一棹返城壖，十上非關世共捐。白璧欲沽寧賤值，紅顏未老尚芳年。羣兒空自爭蠻觸，遠道安能困馬蚿。好向中山計消遣，外來得失總蕭然。

頻年遊藝腳如蓬，喜坐陽和一月風。似共石生烏幕集，已逢伯樂馬羣空。驚心雪案難磨杵，翹首桑林合掛弓。君著先鞭吾舞劍，前途相望意何窮。

次陳賢淮贈別原韻

蘆花瑟瑟滿江秋，買棹西風歷九州。不遇過橋呼孺子，且將傳食累諸侯。秦書未上金先盡，楚璧雖冤舌尚留。舊夢十年曾一覺，恨贏薄倖在青樓。

辭杭州館改寓南浦感賦二首

任他盤錯輒輕嘗，敢信材爲百鍊剛。非不逢場同傀儡，其如當道有豺狼。蠅污白璧寧嫌玷，人比黃花總傲霜。爭笑倔强圖底事，五年贏得鬢毛蒼。

到處狂名謬見推，都傳曾捋虎鬚來。嵇康滅燭難降魅，桓景登高豈避災。遊倦馬蹄應暫息，機忘鷗鳥不須猜。漫言搏兔仍全力，游刃於茲覺尚恢。

題許素心老人畫册

寸心久與歲寒期，疏影樓中獨自持。老去竹梅成眷屬，年來書畫是生涯。劇憐阿堵芳如許，所謂伊人淡可知。静爇旃檀烹雀舌，深閨盡日未停披。

和曾禹門奮春看菊原韻

三百叢中次第尋，頻年花事怨銷沈。空餘斗室半間冷，復種寒香一徑深。骨格本來難入俗，凋零如花倍關心。猗欄有操誰同調，合與東家別贈琴。

洞庭山和禹門曾大原韻<small>洞庭山在江蘇太湖中，東爲古莫釐山，西爲古包山。</small>

百丈奔濤萬壑煙，四圍秋色入山巔。霜銜古樹寒生月，潮落危峰奇插天。北望斗牛懸絕壁，南來蓬島挾飛仙。湘中帝子今何在？露白蒹蒼年復年。

和蔡蓉士本事詩五首並序

人在月中，思來天上，無珠不慧，有鏡常圓。翠閣朱簾，詎聞獅吼，蘋洲荇嶼，都付鴛盟。是知我見猶憐，不信君真如愿。錢塘梁蘊青，余友蔡蓉士孝廉之簉室也，栽花作骨，積雪爲姿，對影生香，因清得豔。美人南國，換豈珍珠；詞客西崑，種將玉璧。寄相思於兩字，居稱紅豆山襟；結勝果於三生，郎是青衫司馬。冰人始倩，舟子頻呼；既望牽牛，羣知射雀，詎料狂飈驟起，逆浪橫生。阿姨爲掌判之人，公子乃尋春之侶。千金坐擁，遽謀選舞徵歌；百寶妝催，漫想偎香傍玉。笑真可買，孰不豔馬上王孫；情有所鍾，儂已作樓頭思婦。兒原薄命，母不諒人，耳畔盟寒，生前劫小，烏孫一縷，紅淚雙流，髮翦如雲，痕沾似雨。彼君子兮矢靡他，有婦人焉何必是。此則蔂蘿望切，儘銷鐵石之腸；葵藿心傾，不入綺羅之隊者也。然而疏窗翦燭，猶怨別離；曲塢藏春，終嫌漏洩。鶯巢未穩，還生檻燕猜；梨夢雖酣，爭奈海棠之妒。護花人去，誰繫金鈴；落葉秋來，空悲紈扇。以故娥眉深鎖，相對欲愁；豈知鴛牒初頒，言歸于好。雲（愁？）露馥，坐蓮臺不是釵裙；月步風吟，問香國孰爲賓主？屏前索笑，鏡里忘形；佳話神仙，風流女士，求之閨門，不可多得矣！爾乃綠波三尺，紅雨一簾，東浦帆遙，南屏鐘晚。呼君小住，贈子將離，使妾銷魂，盼卿得意。芙蓉鏡下，楊柳樓前，酒醒今宵，月明何處？從此春寒五夜生花，卜鏡帳之燈；詩思半車屬藁，賦香奩之句。歲二月，蓉士計偕抵都，出所作本事諸什見示，四聲擳口，五色羅胸，紙上聞歌，行間見畫。燕支就譜，鸚鵡前身，未免有情，亦固其所嗟乎！雲鬟霧鬢，供他俗子詼諧；茅舍蓬門，致彼佳人寥落。紫玉釵依然在篋，小玉含悲；黑心凜爾藏鋒，小青飲恨。茫茫世宙，渺渺余懷；輒喚奈何，誰能遣此。乃達士抱奇才，艷豔福，圖成二美，戶列三星，家住樓台，詩吟元白，其享此朝飛暮卷者，正不知幾生修到也。僕本恨人，尤希好事，敢云繡虎竊，附續貂，爰斆華箋，和成疊韻；料得孫登，此日應分桂子之香；未卜崔護，何時繞識桃花之面。

金縷衣和玉綫裙，黄花館裏聘朝雲。人間豔福輪名士，天下多情屬使君。得意春風消幾度，相思明月瘦三分。蓮龕為證前生果，一瓣心香合暗焚。

占得西湖小有天，蛾眉淡掃影娟娟。貯將金屋猶難稱，清到梅花便欲仙。君詩有"此地曾無金屋貯"並"那似梅花別有香"之句。

亭榭曲藏春似海，簾櫳深鎖月如煙。阿兄真個銷魂未，紅豆山篋屢放舡。

鴛侶同盟比翼餘，花前姊妹細分時。好隨燈舫迎桃葉，青蘊婦人於上元節歸蕭山。儘把詩牌付柳枝。

團扇影憐秋夢小，倚樓人話夕陽遲。深閨此是宜男種，寄與芳卿好護持。

不管離愁壓鬢生，芙蓉鏡下祝卿卿。藍袍稱體欣開覇，紅袖拈杯懶送行。

萬里雲衢增客況，一江春水寄詩情。杏花消息長安路，從此蘭窗夢不清。

又現雲鬟第二身，小青原是意中人。畫眉翠管何曾妬，_{用翻房孺}復婦崔氏事。質酒金釵不算貧。

無恙琴尊雙女伴，有情風月一家春。鑑湖歸去簪花客，爲看檀郎笑語親。

再 和 二 首

解識憐才眼獨青，美人聞説住西泠。前身料想端明月，佳耦何妨屈小星。連舫笙歌迎窈窕，重樓燈火照娉婷。纖纖手爪容搔背，何福能消問蔡經。

擕得名姬自可憐，君家尤羨婦稱賢。不聞獅吼恩能逮，未服鶊羹忿已蠲。姊妹花連開綺閣，熊魚味並列瓊筵。檀郎空有持平論，那使新人寵獨專。

和林蓼懷明府秋日雜感兼題小照四首

葉落西風滿目愁，丹山碧水久掩留。隱原左計聊藏拙，老尚他鄉易感秋。不信梁鴻終寄廡，可堪王粲獨登樓。憐君過我情差慰，又觸傷心往事悠。

故人豪氣上雲端，勸我休耽苜蓿盤。其奈蠹叢愁遠道，肯將雞肋戀微官。棋爭殘局旁觀審，舟到中流小泊難。畢竟何如閒較好，半牀涼月夢能安。

悵悵南浦欲何之，駕棄依然不受羈。松菊久催彭澤返，蓴鱸早動季鷹思。詩多信手隨鈔懶，書有開懷悔讀遲。莫笑頭顱仍故我，十年贏得此霜鬢。

披圖恍動不凡才，坐擁群書亦壯哉！名士逢秋多感慨，故園待主已蒿萊。碧梧翠竹堪成恨，明月清風且把杯。知道閒雲還出岫，偶因遊倦暫歸來。

和楊雪椒慶琛比部見贈五韻

小住留君亦偶然，偶憐異地聚同年。人因歲暮歸心急，話到更闌別緒綿。屈指晨星今有幾，關情舊雨尚如前。何當又把新詩贈，信口吟來句欲閒。

憶昔同登桂府時，亭亭鶴立羨英姿。燕臺七上原無負，荆璞三投始見知。射策名題黃榜貴，拜官職重白雲司。范公定有平反績，豈讓當年隽不疑。

程門立雪舊家聲，繼起猶傳導學名。不愧爲儒聊好佛，每從寫性見鍾情。懷如柳惠何妨坐，身是靈均卻獨清。未識語他雛鳳否，明珠拾得見還卿。

感君勸駕意纏綿，其奈冥鴻早澹然。十畝煙霞聊泄泄，五陵裘馬任翩翩。散人性自耽孤往，俠士名應愧浪博。莫訝聞雞猶起舞，雄心非爲祖生鞭。

未暢清談別轉難，送歸無那此江干。來書幸慰羈情切，抵里剛逢歲事闌。堂上有萱欣老健，閨中如竹報平安。遥知臘酒團圓夜，喜捧天章爛漫看。時遇覃恩，得詰命旋家。

五十初度漫成四首

風木銜悲記幼沖，孤兒今已作衰翁。熊丸苦口追慈訓，燕翼銘心誦祖功。予幼失怙，母林太宜人課讀時，常以大王父官高密時政績勖令記誦。鏡影忽驚雙鬢白，機聲猶憶一燈紅。深慚子職終天憾，集蓼餘生剩貌躬。

閒來屈指數平生，結習難除此性情。少賤多能原鄙事，余弱冠後屢試不售，遂兼習武事，及醫卜、刑名之學。昨非今是亦虛聲。世皆欲殺身仍在，指守令某謀陷事。貧不求憐癖自成。艱險敢誇俱備歷，只因南北轍縱橫。余在外十五年。

和寡何曾曲便高，疏慵自愛守蓬蒿。座中使酒狂應減，予少頗負氣，每於酒後理不平事。紙上談兵興尚豪。予自知書後，即留心韜略，其受知馮雪瀚、鄭蘇年兩先生皆以此也。馬豈敢貪新得福，羊還思補已亡牢。閒雲野鶴由來慣，任把輕肥讓若曹。

近況縱然歎鼓盆，前年孟夏喪偶，予尚在都門未歸。頗能作達樂猶存。頻年流寓忘爲客，垂老生兒當抱孫。去歲仲冬醇兒生。枕上夢醒還索句，花時友至即開樽。升平世界容疏放，盡荷堯天雨露恩。

和姜受庵照鄰元日自壽原韻四首

訂交憶昔共青春，心契何論富與貧。奇句有時相對賞，清談無語不生新。流連意氣存豪宕，脫略形骸見性真。別久遠駕南浦地，綠波碧草日懷人。

羨君仙境駐長春,強健精神未算貧。七代親逢家世盛,元年重見帝恩新。含飴歡笑堪娛老,扶杖逍遙任守真。盼到秋風顏更展,桂枝香惹舞衣人。時賢郎桐雨、瑞雨皆應秋試。

愧我虛過五十春,出山無計處乃貧。家風空守青氈舊,老鬢頻驚白髮新。漫說亡羊藏異穀,縱云得鹿夢疑真。疏狂不合時宜甚,祇好江湖號散人。

巴詞豈敢和陽春,鮑叔原知管子貧。旅次要將耆老頌,郵筒祇有小時新。華堂此日雖疏利,高會他年待率真。若再逢君應共賀,白頭同作太平人。

和馮笏軒_緒舍人寄懷吳和宇_{調元}明府並及都人五首

怪他季重笑開顏,一紙書傳驛使還。卻慰羈愁託詩句,偏饒情緒語家山。綠波碧草微茫處,渭樹春雲想像間。千里相思難命駕,嵇生鳳樂幾時攀。

詩情綿渺颶餘波,問到狂夫近若何。尚憶少時同筆硯,其如別後隔關河。羨君豪宕心猶壯,愧我蹉跎鬢已皤。每把佳篇吟誦遍,不堪枨觸感懷多。

豈敢鳴高負聖明,衰年祇自怯遙征。肯貪墨綬銅章貴,獨冒蠻煙瘴雨行。歡笑戲場多眼冷,風波宦海早心驚。旁觀見懶渾訛認,都道斯人不愛名。

頻年羈滯守吾雌,依樣胡蘆不合宜。雞肋劇憐隨地戀,豬肝尚累故人遺。登臨偶倦常攤卷,鹽筴餘閒漫課兒。一種綺懷忘未得,愛花猶是昔時癡。

遙知飛將古無儔,樹幟騷壇日唱酬。北海樽罍多雅集,西園賓從盡名流。傳杯酒想如淮滿,疊韻詩應似繭抽。他日賦歸相過訪,好看著述足千秋。

和楊雪椒比部十臺懷古

姑　蘇　臺

成敗何關寵彼姝,君傳復諫宰工諛。不聞淫虐如褒妲,豈有恩讐判越吳。嘗膽同歸亡國恨,採香贏得美人娛。祇差摒擲臺前死,又伴鴟夷泛五湖。

章　華　臺

侈心復性負雄才,纔構宮成又筑臺。作態故將長鬣相,示驕偏致列侯來。誰非人子甘多殺,總與君王亦共灰。薄命可憐申亥女,生無恩寵死相陪。

朝　陽　臺

蘭旌蓀壁望湘君,一賦高唐續異聞。臣里東家猶絕豔,佳人南國比無羣。迷離夢裏空神雨,縹渺峰頭只夕曛。遷客登臨偏幻想,也將侍妾字朝雲。

黃　金　臺

早夜雄心議復讐,霸圖虧向郭隗謀。果看國土英才集,不負賢王駿骨求。七十堅城連日下,萬千寶器一時收。高臺便屬黃金築,彼此權來價已酬。

歌 風 臺

筑聲悲引大風生，雲氣飛揚四座驚。亭長還家已天子，酒杯話舊尚鄉情。高歌自發真龍嘯，猛士終憐走狗烹。漫道精魂猶戀沛，空教望斷翠華旌。

戲 馬 臺

龍媒未得天列閑，枉負重瞳力拔山。勝跡尚留芳草地，憤王莫唱大刀環。烏江獨騎空回首，赤帝長驅已入關。輒喚奈何騅不逝，猶憐對泣有紅顏。

通 天 臺

層臺高聳逼雲煙，咫尺分明欲接天。以外尚多興土木，此中曾否住神仙？崴星譎諫終難挽，王母遙臨亦誤傳。瞬息青龍換青鳥，銅人淚並露華濺。

銅 雀 臺

赤壁初起敗北轅，臨漳回首盡銷魂。柔鄉且恣生前樂，冷帳誰銜死後恩。故把情懷戀姬妾，瞞將心迹付兒孫。西陵寂寞無人望，祇剩殘甃古瓦存。

鳳 凰 臺

異鳥誰將凡鳥疑，元嘉誇建此臺基。六朝敢媲虞周瑞，千古爭傳李杜詩。地踞金陵原絕勝，宮埋玉象已多時。誤他閩嶠偏安主，也説山留浴鳳池。

凌敲臺

宋祖梟才受禪年，崔嵬傑搆踞峰巔。西凌牛渚塵埃表，南望龍山几席前？八代乾坤傳六十，一時歌舞聚三千。後來憑眺傷離別，猶是銷魂李謫仙。

癸未孟夏辭館南旋漫成四首

十載羈棲轉瞬間，那堪回首望鄉關。壯遊已倦應思息，清福難消奈未閒。

對鏡屢驚添白髮，無錢偏想買青山。邇來踪迹浮雲似，且自孤飛且自還。

頻年生計愧依人，恩怨紛紛萃一身。夢豈能安疑警枕，食常不飽訝老薪。

眼前眾意知難滿，去后公評定有真。怪底瀕行猶顧戀，丹山碧水舊緣因。

萬里桑蓬願已違，一春杜宇慣催歸。病難作宦吾安拙，老乍還家覺昨非。

末路功名原淡淡，時欲就廣文。異鄉骨肉更依依。謂外孫舜欽。臨歧話到關情處，無限銷魂淚滿衣。

儻瞻衡宇載欣奔，誰爲歡迎孰候門。阡表久懸虧子職，泥封高捧荷君恩。

深宵課讀書千卷，舊雨論文酒一尊。三徑雖荒松菊在，未知能否避塵喧。

祝張簏仙_{人和}五十初度即次自壽原韻四首

在前珠玉不勝收，崔顥題詩黃鶴樓。善頌我真慚唾拾，虛譽君亦厭辭浮。

當時小聚叨青眼，今日重逢話白頭。把袂相看同健在，笑擎杯酒祝千秋。

曾記遊蹤等轉蓬，恨分南北十年中。風餐露宿身同燕，雪影泥痕爪印鴻。

一覺誰成立地佛，兩人都作信天翁。自家怡悅還持贈，衹有閒雲麗太空①。

端應明月認前身，掃淨塵氛悟夙因。耐冷後彫松並壽，出羣特立鶴如人。

茶非成癖消清福，詩總言情見本真。花竹滿庭書滿架，先生娛老竟忘貧。

牡蠣瓷瓶手澤留，微詞款款孝思悠。家藏古物誠稱寶，人有閒情足破愁。

團坐妻孥紛笑語，聯吟昆季互庚酬。嬌姬也把花枝獻，祝當添郎海屋籌。

【箋注】

① 太空，蘇軾《喜雨亭記》："歸之太空。太空冥冥，不可得而名。吾以名吾亭。"

223

秋日葉次幔_{申薦}明府邀同馮梅士
新孝廉小集宛在堂摔賦謝二首

佳日難逢肯浪拋，見招訪勝步西郊。物堪下酒饒秋色，_{時漢宮秋、}
_{雁來紅滿庭，紅紫可愛。}人最知心是舊交。傍寺亭臺荒址在，繞湖菱荇
小舟捎。辨香聊向吟魂供，敢對詩龕一字敲。

買山恰喜結芳鄰，_{次幔別墅爲天開圖畫樓，舊蹟與余居比鄰。}雲水聯
蹤亦夙因。載酒偏由吾選客，看花厭與俗同塵。迎常倒屣憐才子，醉
尚傾杯作主人。他日層樓謀望海，知君眼界更添新。_{時次幔有購望海}
_{樓之議，故云。}

和詩　葉申薦（二首）

難買青春悵已拋，壺觴且自集花郊。殘年忽快來今雨，_{是日招同}
_{馮梅士孝廉往游，孝廉乃余聞名初交。}久客偏忻接故交。_{余出山與珠士別廿}
_{餘年。}別島濃陰孤艇出，環階秋色好風捎。_{漢宮秋、雁來紅，江南概稱秋}
_{色。}登臨自笑無詩筆，況聽陽春愧淚敲。

倦鳥營巢慶得鄰，綠楊明月是前因。檢書好共先賢語，_{珠士常假}
_{說部於余，每云與今人語，何如與古人語，洵爲通人至論。}臨水聊清萬里塵。
祇有率真遵五簋，由來益友重三人。湖山冷落風流在，拭目同瞻俎豆
新。_{劉奐爲孝廉重祀十四先生於宛在堂，廟貌一新。}

224

七月廿三夜過訪次幔留飲齋頭復用前韻
以二律惠示因再疊奉和二首

　　故園松菊久經拋，悔向天涯認樂郊。衰老始爲歸隱計，往來幸得忘年交。謂梅士。山雲擁榻秋光爽，鄰竹窺牆月影捎。醉後壯心還不已，長歌屢把唾壺敲。

　　陶家北牖許東鄰，閒靜琴書結淨因。奉母樂儲花縣俸，遊山春滿麴車塵。驚才我欲逋詩債，放論君須恕酒人。卅載相知同健在，過從豈歎白頭新。

原詩　葉申藹（二首）

　　七月廿三日，珠士三兄以宛在堂小集二律索余，應命因記。是晚席上，雄談不同凡響，有觸鄙懷，載庚前韻。

　　將母歸來綬易拋，遂初無計住鄉郊。臣門且自迎三益，世路從渠聘五交。麝爲生香人共射，花因弄色鳥頻捎。寸心漫逐塵緣動，好聽清鐘夜夜敲。余舍近法海寺。

　　曾希前哲德爲鄰，廿載重逢悟夙因。黃馬尚持他日論，謂珠士兄。故衫初浣異鄉塵。君才豈屑稱詞伯，僕病猶能作醉人。珍重莫辭金百鍊，一回鑪火一回新。

九日招林堉説樵^藩並攜醇兒于山登高歸隱齋頭用説樵即席賦韻二首

敢誇獨占此山奇,遊興羞辜九日時。漫挈稚兒同訪勝,更邀嬌客細論詩。性雖疏懶閒情適,路偶崎嶇緩步宜。解識天倫饒樂事,那須話與外人知。

敝盧雅近古城隈,寫意登高去復來。縱愧盤飧無異味,且傾家釀盡餘杯。主賓迭勸形骸略,笑罵何拘壘塊開。遊倦酒酣斜倚榻,鼾聲各自響如雷。

原詩　林藩(二首)

西望烏峯卅六奇,石尊獨憶越王時。_{于山本越王登高地,故一名九日山,後世仍之,久成故事。而今則以烏山爲最盛。}亭臺此境真成畫,翁婿何人共覓詩。得句便思成古佛,放遊亦不合時宜。泉明蓮社東林意,卻被盧山觀主知。_{小憩九仙觀,道士菁洲以茗相獻。}

夕陽送我下山隈,詩興邀將酒興來。兩姓弟兄萸節會,一家歡讌菊花杯。大蘇芒角吟腸出,小杜風塵笑口開。記得晉人冰玉語,狂名詰旦噪如雷。

病　中　柬　梅　士

沈郎近説瘦腰肢,會念衰翁鬢亦絲。因病經旬難共醉,不眠連夜費相思。疎慵翻藉偷閒好,孤寂惟應避俗宜。料得山梅開欲遍,祇愁辜負看花期。

碧山堂小集分得采菊

鎮日南園探幾回，暮秋花故尚遲開。深閨待字媒頻問，高隱辭徵詔屢催。冷落琴尊須點綴，迷離風雨費驚猜。殷勤誰報柴桑主，九日招邀客又來。

同人戲和林曉樓_{開瓊}學博十老詩
分得老儒即用原韻

千佛名經頂禮僧，生徒羅列待傳燈。篋中勝稿曾三易，塔上高標合幾層？飽食仙章仍作蠹，空鑽故紙竟如蠅。冬烘二字由人喚，解脫頭巾愧未能。

題吳紹之函關騎牛圖小照

幽谷風煙憶遠馳，宛如柱史入秦時。行囊應有傳經在，關吏何勞望氣知。道貌天然壽者相，高蹤日與古人期。阿咸笑寫猶龍像，可信臣家叔不癡。圖爲君猶子所寫。

同陳士竹_姓明府遊夢筆山房賦贈二首

凤聞江令擅風流，碧水丹山眼界收。後起有人尤絕俗，公餘無事每探幽。鴻才自蘊千秋業，豪氣猶存百尺樓。天早爲君蓄詩料，安排名勝待閒遊。

羨君懷得管如椽，書法吟篇兩共傳。理劇才原由學問，出塵品更似神仙。此邦有幸逢明宰，我輩何修侍大賢。最愛清官享清福，祇談風月不言錢。

和林旸谷_{賓日}年伯見贈原韻

曩昔論交荷見知，淋漓大筆費評辭。樗材深愧常難副，蘭譜還聯亦大奇。閱歷春秋忘老輩，主持風雅是吾詩。世間清福憑消受，最羨雙珠有令兒。

原詩　林賓日

巍科將掇諒先知，肯把蜚聲太學辭。愈覺雁門華冑貴，君祖著有《雁門集》。且誇螭首錫名奇。君大挑後改錫今名。恐邀五斗同彭澤，不易三公類士師。君在浦城䑲務，不赴滇南補缺，歸來榕省安居。桑梓敬恭年譜重，長男則徐與君叔姪三人同榜。往來餘暇課麟兒。令嗣年幼聰明，將來必成大器。

春日雅集和黃卓人漢章先生
原韻兼呈香洛杜諸公二首

臨春喜氣溢門闌，洛社筵開正合歡。無事閒居敦古誼，如仙高會豔旁觀。諸公矍健松同壽，賤子叨陪竹報安。名教由來多樂地，誤身不信屬儒冠。

連日招邀興未闌，老來能盡及時歡。春光豔豔逢元日，詩句琅琅集大觀。東村芷亭介心諸先生連日招飲，卓人先生為首唱，同社諸公皆有和章。醉倦何妨扶杖步,吟成不待捻鬚安。更番唱和昇平世,豈慮無人問賣冠。

林介心文厚世叔索贈奉呈二律

少小曾叨巨眼青,別來各已鬢星星。馬韓誼重聯三世,君與予大父同事沙村鹽館。張陸年忘遜廿齡。交契雲霞存意氣,論參鹽錢見議型。賦歸喜得重逢日,感慨浮蹤聚散萍。

桂枝里第傍河濱,舊日蓬盧正結鄰。賤子風霜多契闊,先生龍馬尚精神。階蘭種好盈庭樂,杯酒談深四座春。償得閒時仍過訪,知君不厭到門頻。

聞梅士種菊率賦

苟種分苗鎮日忙,拚將春興蓺秋芳。閒時非必成高隱,清賞偏能愛晚香。僮僕不辭勤抱甕,朋儔預約兢傳觴。旁觀底作同時配,祇許梅花聘海棠。

自　　笑

自笑連朝底事忙,白頭偏逐少年場。歡緣且結皈禪悅,飲興猶豪託酒狂。浪士形骸隨脫略,炎天藥散得清涼。座中有客閒情寄,待看驪珠取探囊。

食　筍　二　首

蔬譜離披訂也無,渭川千畝味偏殊。不除當路會因竹,爲餞殘春漫設廚。好是禪頻參玉版，卻教佛自薄雞蘇。何曾一飽應如是，鰩柱鮀腴亦那須。

正愁市遠雨連朝，忽喜晨餐不寂寥。廚婢雪看千片劈，山僧雲記半肩挑。得來薄酒腸生角，燒向圍爐味帶焦。爲語老饕休啖盡，應還留聽籟蕭蕭。

贈馮梅士孝廉四首

靈秀天鍾信不虚，彩雲擁下璧人車。入懷朗月神常澈，竟體芳蘭韻有餘。攬鏡豈關蟬冕照，倚牀誰把練裙書。清標漫許梅同調，轉恐梅花愧未知。

飲興騷情羨俊才，聰明冰雪絶纖埃。杯傾鸚鵡依金谷，筆架珊瑚豔玉臺。花夢正酣蓮漏永，衣香早惹桂枝來。遥知瞬息長安路，又報郎君得意回。

如虹豪氣久縱横，才子還兼任俠名。不重金刀敦古誼，每從患難見交情。誰人浪自誇肝膽，似爾真堪託死生。屢盼衰翁虚左待，未知何處用侯嬴。

不厭逢人説項斯，五年猶恨識君遲。蒼葭倚玉原難稱，紅豆安骰祗自知。驀地夔蚿深護惜，此生蛩蟨忍分離。幾番珍重相親意，欲把平原日繡絲。

卷　　五

七言絶句

贈了堂上人四首

茗碗詩瓢結淨因，山門深鎖隔紅塵。我思一語稱文暢，名士高僧算此人。

驢背推敲古莫當，浪仙詩格重韋莊。當年若見山青句，合把才名讓了堂。上人《鼓山詩》有"海翻滄嶼白，山接武彝青"之句。

廣陵風月舊曾諳，卻向維摩靜裏參。好是孤燈禪榻夜，可還唱否望江南。上人原籍揚州。

生平不慣談禪悦，訪衲登山卻未曾。從此都官壇上去，滿囊詩句盡尋僧。

題李再生秋江夜泛圖四首

水面天心景不殊，當時佳致屬堯夫。君今也得清涼況，寫作秋江

231

夜泛圖。

蘆花瑟瑟浪悠悠，暮漲新添一葉舟。如此已饒塵外賞，開窗況有月當頭。

獨棹煙波到幾更，久將心跡訂鷗盟。披圖莫認漁家樂，知否詩人李再生？

君家門第羨登龍，仙貌還看步後蹤。卻怪遊情太寥寂，同舟何不畫林宗。

遊仙二首次黃耦賓韻

瓊樓縹渺隔雲煙，一樹桃花不記年。曼倩那教容易取，爲傳須待歲三千。

神仙眷屬亦塵緣，況復天台路杳然。滿地琪花原石種，不如歸去種藍田。

題十八羅漢蓮瓣渡海圖

誤結歡園未了因，茫茫情海寄閒身。愛根空種同心藕，不信蓮花解渡人。

題　　畫

蕭蕭古寺白雲封，知在寒山第幾重。花雨亂飛僧不見，數聲鈴鐸一聲鐘。

漫　成

到底神仙路渺茫，胡麻炊熟但聞香。天台莫向桃花認，偏是桃花誤阮郎。

七月十三夜有寄

輾轉孤衾總不眠，憶君可奈早秋天。寒燈獨對聽殘雨，如此相思十五年。

題鏡秋<small>侍楓</small>姪菜根圖

吾家小阮古風存，不畫繁花畫菜根。若使萬民無此色，何妨直噉到兒孫。

和趙春三贈別四首

史公牛馬本饑驅，話到匆匆早就途。慚愧未留詩句贈，卻勞珍重問狂夫。

開緘觸我淚沾巾，同病相憐共一身。聞說明年還欲別，兩家俱有倚閭人。

九載論交若弟兄，何當各自賦行行。他時若更相逢日，霜雪應驚兩鬢生。

233

朋遊屈指已無多，況復頻年奈別何。早作離思早歸計，騷壇風月莫蹉跎。

得萬石書二首

客中歲月病中過，一紙書來慰若何。常念老人身健否，天涯難得汝情多。

幸逢此地少風波，怕見生人懶著鞭。欲識近來羈客況，閒尋山水醉聽歌。

題《無雙傳》後

一別春風去路賒，朱門如海五侯家。王郎解盡相思苦，誰是當年古押衙。

有　　感

小園寂寂隔紅塵，玉鑰重扃草似茵。料得西樓風景好，典釵沽酒更何人。

題梁芷林_{章鉅}武夷遊記四首

焚香初展歎奇觀，一管如椽九曲蟠。造物化工才子筆，可教輕與俗人看。

低首恬吟日百回，頓令塵障一時開。怪君洩盡煙霞秘，虧得山靈不忌才。

記曾結伴復遲留，訪勝頻年願未酬。始識名山關福分，得遊也要幾生修。

他時躡屐儻追隨，前度原成後至師。便許效顰著遊草，卻愁崔顥已題詩。

聶政二首

世態紛紛詎有真，如何軹里太輕身。當年若不因韓豎，肯結齊東屠狗人。

俠士由來鐵石心，嚴生底事説黃金。英雄結識祇因此，便未真知聶政深。

自題《花香琴韻引書聲小照》三首

鼻觀聞香耳聽琴，眼光映雪口高吟。勞人樂境還忙煞，怪不蕭蕭白髮侵。

狂奴逾分作豪奢，貧愛藏書老愛花。一種貪情更癡絕，結廬門對美人家。

貂帽狐裘忽漫新，想憑妝點炫芳鄰。被他看破茶烹雪，不是銷金帳裏身。

題蔣仲音《閩浦遊歸圖小照》四首 仲音安徽宣城人。

南浦遊蹤十二霜，鄉心無限壓歸裝。開圖莫便誇裘馬，中有谿山句滿囊。

曉天風景笑開顏，千里家園指顧間。行色何須杯酒壯，先生雙鬢未曾斑。

村店斜臨大道旁，青帘遙颭曙煙蒼。吳姬殘夢應驚破，傾取醇醪喚客嘗。

敬亭宛水舊稱奇，鈞弋名區日擊思。料得一尊三徑裏，求羊相待已多時。

題梁芷林儀部《無心出岫圖》 時芷林將赴官，兼以贈別。

出山不比在山時，漫道無心任所之。多少望君作霖雨，蒼生心事可曾知？

途中口占漫成五絕

有官不赴憚蠻煙，祇博驕人六月天。誰料剛逢三伏日，偏從驛路著征鞭。

三里荷塘水一涯，香風夾路日西斜。勞人驀得清涼況，翻似茲行爲看花。

236

雨餘客至細談論，良醞山家餉滿尊。忽聽侑觴歌一曲，輿夫原是
舊梨園。

生平不憚涉風波，偶爲兼程峻嶺過。輿上掛帆還繫纜，陸行仍算
水行多。

旁人枉羨負高風，五斗輕抛怕鞠躬。自笑軍門非統屬，亦持手版
謁元戎。

紫牡丹和作三首

袁家妖艷冠羣芳，聲價由來重洛陽。鬭草場中争第一，不教賭取
小羅囊。

粉雪千羣未許同，繁華恰伴醉妃紅。花王昨夜宣忽急，傳詔留卿
鎮後宫。

臨芳殿裏淺籠煙，點出紅蘇映綺筵。祇爲飛從瓊島到，内宫盛説
紫姑仙。

題張籭仙牡蠣瓶六首

久客遠家未暫間，四年詩債積如山。累君千里頻催取，一度書來
一汗顏。

昌黎石鼓賦長歌，才薄猶云莫奈何。笑我枯腸搜索盡，卻愁珠玉
在前多。

粟紋花穗夙稱奇，密室如斯數典遺。儻欲繪圖參博古，此瓶合喚石雲慈。

水部恩加孰錄功，頭銜太守署房公。豪山想見歸田日，聚族偏同抱甕翁。

牡蠣曾無上食單，誰分右顧豔傳觀。花神若乞營精舍，就裏端應供牡丹。

清河公子賞心時，珍重杯棬見孝思。三十年來摩手澤，那知人世有尊彝。

珠 光 集 別 録

　　道光癸未八月珠士妹倩自南浦回，貽我新舊作一册，照人朗朗，真令人珍若隋珠也。心香劉士荣。

　　識力即高，氣魄又大，此才真加人一等。他人雖見得到，囁嚅言之便味同嚼蠟矣。其得意處，抗聲一呼，直徹廣莫，非止筆力絕俗，自是聰明過人。吾讀斯集，怳憶向日紅燈綠酒、高談雄辯我繡平傾坐時也。蓼懷林軒開。

　　閩縣薩珠士邑侯，諱虎拜，改名察倫，字肇文。嘉慶甲子舉人，大挑一等，分發雲南知縣，不赴。君肄業鼇峯時，即以文筆驚人，又喜爲俠士風，學禪家語，意氣不可方物。晚得一官，以滇南荒遠之區，棄而不就。益縱情詩酒，終老於家。

　　特出雁門後，曾馳鼇岫名。文豪尊宿讓，詩老俗流驚。萬里宦情薄，三生禪話精。獨餘游俠性，杯酒氣縱橫。梁芷林章鉅《詩友集》。

　　閩縣薩珠士大令虎拜著有《珠光集》，大令詩才敏捷，多對客揮毫之作。余喜其《題鏡秋姪菜根圖》一絶，語有寄託，詩云："吾家小阮古風存，不畫繁花畫菜根。若使萬民無此色，何妨直咬到兒孫。"卻有風趣。林薌溪昌彝《鷹樓詩話》。

239

原　　跋

　　先大夫於光緒癸卯年校讎《白華》《荔影》兩詩鈔。既竟，又欲搜求吾宗之著作，彙成總集，以揚先芬，久而未竟。嘗以語嘉曦，嘉曦識之不敢忘。歲己酉奉諱家居，聞從曾祖珠士公著有《珠光集》若干卷，尚未發刊，因向從伯父謙臣公借而讀之。竊歎公心地光明，中外單盡，所與遊者皆一時之彥。跡其平生，一見之於詩。晚得一官，以滇南道遠不赴，終老於家。然其英多之氣，溢於眉宇。雖暌隔數十年，一展卷閒如聞聲欬。爰請於伯父，將是集亟付剞劂，俾與已刻諸詩合爲叢刻。閒有一二字出自傳寫之訛，爲陳叔毅師請其審定，并承賜序一通。嘉曦又於暇日探討梁芷鄰、楊雪椒、林薌溪諸先生品藻之語及倡酬諸什，刊之卷首，一以見斯集之久有定評，一以見吾宗雁門公之後大有傳人也。

　　　　　　　　宣統庚戌八月從曾孫嘉曦謹跋

原　　跋

　　先大父與林文忠公、廖文恪公、楊光禄公於嘉慶甲子同掇巍科。
祖型生晚，不逮事先大父。憶束髮趨庭，習聞先府君述、先大父長於
詩，與楊光禄公郵筒倡和，歲無虛月，而經濟文章又爲文忠文恪二公
所推許，顧淡於利名，有官不仕。迨祖型稍長，讀先大父詩章，委婉詳
明，義法甚具，雖不學如祖型，猶能悉其大旨。先大父著有《珠光集》
四卷，先府君於咸豐元年曾抱遺詩請序於楊光禄公，公曾序而行之，
彼時即擬發刊。惜先府君不禄，賫志以終。祖型奔走衣食，幕遊於燕
趙晉豫者，垂二十年。而校刊先集之事，無日不以爲念，終不得一當。
比歲里居，又以釐政困人，未遑斯舉。今夏族姪嘉曦讀禮家居，向祖
型借讀《珠光集》，意欲代謀鋟梓，以永其傳。祖型則以爲微子之請吾
不敢忘，惟校讎之責非而其誰。嘉曦忻然受之，俾數十年未竟之功，
僅數閱月而蕆事。展卷憮然，不禁悲喜之交集也。

　　　　　　　　　　　宣統二年庚戌八月孫祖型敬識

243

望雲精舍詩鈔

福州薩大滋　樹堂　著　族孫嘉榘　校刊
宣統庚戌年鑴蒔花吟館藏板

題　　詞

林壽圖 歐齋

贈　薩　樹　堂

　　秋水白黏天,河伯見海若。有時淺蓬萊,不如專谿壑。鯤鵬萬里游,鷦鷯一枝託。小大齊物情,彼此更相樂。踔足以獨行,垔鼻不傷斲。任天良有道,混沌戒穿鑿。不才鉛刀耳,子信抵干鏌。久之能化龍,沖然歛霜鍔。春燈越城夜,瀑雨聲峰落。握晤始此筵,蝦蟇鼓街槖。衆賓識子者,謂可隘寥廓。手翻北斗瓢,滄海供蠡勺。目有百步光,視若虎氣躍。霜雹落楸枰,恐難一子著。人事易阻暌,孤歡每寂寞。再觴歐冶池,水靜木葉索。收束入青冥,秋鷹聳瘦削。彈壓四座瘖,磐石共磅礴。語余決隄防,得毋江河涸。禁方蓋多矣,嗟此千金藥。子才百庭實,肴核恣咀嚼。顧於筐筥間,深祕收肩鑰。歸途默循省,物怪可勝搏。羣啄競其羿,謬欲飾丹臒。媚衆取目研,返獨使心怍。軍行用市偷,聊解一時縛。不見揚子雲,老至悔少作。後會申前盟,忠信期再襫。

悼　樹　堂

　　南山有故鄉,百年返其廬。四十未及半,暮駕胡以驅。驚嗟得惡耗,反覆閱寄書。報章不逮君,痛付君之雛。自我官北方,久別君西

247

湖。萬里與慰勞，一訣成奄殂。君兒亦稚弱，君生已少孤。蚊小空負山，黽冷終曳塗。豈值世運降，天意成模糊。顧念松栢姿，遞隨蒲柳枯。不材能得年，我則長爲樗。功名若賭采，擲梟慳得盧。君勿怨青衿，仙界多窮儒。寫詩抒哀梱，淚漬玉蟾蜍。見《黃鵠山人詩鈔》。

樹堂老友亡五載矣，令嗣謙臣出其遺謅草，讀竟泣。

然感賦一律以歸之

楊浚雪滄

填海勞勞木石冤，故人何處許招魂。空齋黃絹都塵迹，末路青氈有淚痕。鬼錄可勝親串感，時鶴修凶耗纔來。遺詩賴有大兒存。絕憐一付干將劍，烽火連天看墓門。

望雲精舍詩鈔

讀蔡忠烈傳<small>公諱道憲，晉江人。</small>

臣能死君奴死主，睢陽以後吾誰取。罡風夜嘯潭州圍，城頭殤鬼戴頭語。狼星四照黃虎來，威弧直指旄頭開。男兒裹尸誓馬革，何須白骨沙場哀。戰馬悲嘶鼙角死，百萬豬屠擁湘水。登陴勵士掃欃槍，霹靂一聲發弓矢。火光燒城空爛天，城孤社鼠陰鉤連。決眥喋血冠髮指，忠憤節概冰霜堅。風雲叱咤日無色，椒山膽與常山舌。從容赴義九人同，生何慷慨死何烈。熊湘閣倚醴陵坡，短劍過此三摩挲。九原爲問李忠節，豺狼滿地將奈何。

項　王　墓

虞亡騅逝楚歌哀，喑啞英雄去不回。受璽子嬰空入廟，歌風亭長已登臺。千金飲恨頭顱賣，萬帳吞聲涕淚來。霸氣如煙銷歇盡，殘碑依舊掩蒼苔。

古　　劍

國恥未能雪，君恩戀此生。長留掛壁看，都作不平鳴。

落　月

天地秋無色，關河雁一聲。星隨銀漢轉，霜壓板橋行。詩思誰家起，鄉情萬里生。年年征戍苦，心事感雞鳴。

送周少紱_{麟章}館泉州

此去難爲別，知君異昔時。少紱曾就館浙江。老親懸遠道，少婦話臨歧。辟瘴蠻湘地，談經馬帳師。河梁明月色，莫忘故人思。

題《屈陶合刻詩》後

瀟湘風格合柴桑，徵士孤臣一例香。蘭芷幽懷松菊意，都留身後大文章。

老　馬

閱盡兵戈苦，身經百戰來。識途推隻眼，伏櫪仗雄才。代朔秋風急，邊關落木哀。相逢伯樂處，蹤跡已蒿萊。

老　妓

門外春如水，樓頭月不華。昔時眉鬪柳，今日眼生花。錦瑟殘年感，青山舊事賒。多情白司馬，尤爲賦《琵琶》。

遣　懷

衆鳥矜羽毛,翱翔鳳獨高。丈夫行已至,始得稱人豪。富貴安足論,經營空勞勞。欲愜平生懷,最宜慎所操。龍蛇棲邱壑,蘭蕙秀江皋。吾儒有真性,豈慮翳蓬蒿。處身既無求,斗室樂陶陶。擊劍復長嘯,倚欄醉葡萄。案頭翻青史,大笑讀《離騷》。莫説英雄涙,今朝未洗淘。人生且適意,興至漫揮毫。自嘲還自譽,尺幅生波濤。

江 文 通 祠

荒祠冷落晚啼鴉,隱隱城樓隔萬家。百代江山好詞客,六朝風月舊官衙。綠波碧草春無賴,佛火僧鐘日又斜。惆悵片云橫夢筆,頻年別恨送天涯。

題《庾子山集》後

身世飄零兩鬢絲,小園何日話歸期。傷心詞賦鄉關感,臥病窮愁歲月悲。宋玉幾人懷故宅,韓陵無地語殘碑。空傳孝穆齊名豔,壓倒江南六代詩。

秋　笳

羌笛淒淒塞角催,菰蘆聲裏玉關開。三邊臑篥全師出,萬帳旌旗捲地來。刁斗西風蘇武幕,簫邏落日李陵臺。可憐十八文姬拍,迸入南鴻北馬哀。

251

長　安　月

迢迢南斗傍京華，一朵明珠護彩霞。顧影誰憐方朔米，逐人齊看孟郊花。軟塵十丈春如海，秋色重霄夜貫楂。兒女不知西望苦，鄜州水部老思家。

秦　淮　月

不夜笙歌夾岸音，當年記與帝星臨。祖龍王氣雖銷歇，姮兔春宵自古今。紅板橋頭桃葉影，白門潮外柳花陰。酒家何處停橈問，莫聽蕭蕭暮雨吟。

潚　湘　月

人煙橘柚滿汀洲，繪出荊門萬里秋。夢澤橫波寒照眼，君山落葉夜當頭。蘆花碎盡巴陵道，雁影驚回鄂渚樓。誰向仙靈聽鼓瑟，扁舟齊湧大江流。

天　山　月

八千壯士唱刀環，刁斗無聲玉帳閒。雁塞一聲愁斷絕，龍城萬里對巉頑。年年芳草明妃塚，夜夜秋風定遠關。三箭將軍留汗血，沙場燐影尚斕斑。

文 信 國 琴

朱鳥啼哀白雁起,六陵慘淡冬青死。枯桐誰作商弦聲,彈斷錢塘江上水。錢塘江水鳴蕭蕭,松風捲入生寒潮。孤臣涕淚厓山破,二十八字鐫南朝。南朝不可留,抑鬱生煩憂。願灑侍中血,不降將軍頭。憶昔排當日游宴,笙簫絲竹連宮殿。淫樂紛紛葛嶺開,平章不管襄陽戰。一聞旗鼓潰蕪湖,散盡黃金招公徒。生前豪弦與妙舞,到此揮霍如泥塗。吁嗟乎! 公之《正氣歌》,浩浩凌山河,公之《衣中贊》,赫赫驚蛟鼉。此琴若變作明月,今古高挂蓬萊闕。英雄不愧留侯椎,激烈可比司農笏。汗青同此照赤心,令人慟哭西臺陰。西臺如意已銷沈,人間猶見青原琴。梅花著指斷紋露,神物古來亦氣數。閩海齊傅玉帶生,光芒長使風雲護。文山高,天水青,一彈再鼓何人聽。可憐陵骨穿雲出,叫嘯魚龍徹夜腥。

不 寐

欲睡不成寐,蕭蕭秋夜長。披衣起獨坐,看劍憶行藏。無語蟲聲寂,有花燭影涼。開門斜月色,木葉滿前廊。

湧泉寺看月和穎叔即次元韻

鐘聲破白雲,獨來還獨往。松風作夜鳴,孤月懸虛嶂。禪廊深復深,翛然結幽想。曹徐去不回,晉安誰嗣響?

寒　蟬

口舌何曾拙，含情不忍言。深秋已如此，落葉滿江村。咽露隨清曉，棲枝避俗喧。胡爲跫蛩響，喞喞近黃昏。

秋　宮　怨

月落蟲無語，霜高雁有聲。卷簾看牛斗，此夕更分明。紈扇捐新寵，宮砂感舊情。君恩何處覓，欹枕夢相迎。

勗壿彝兩兒讀書（二首）

我家無長物，惟有一囊書。勗汝兄弟者，持躬在厥初。文章真事業，經訓大畜畲。努力勤耕穫，良田自不虛。

汝年雖幼稺，立志貴軒昂。勿以相嬉戲，須防誤就將。放心如野馬，奮臂學秋螗。所向多遼闊，臨風試目望。

穎叔留別諸友次韻答之

相從壯歲早摛文，磊落襟期兩地分。儻對江山懷謝客，定將詩酒繼陶君。百年聚散浮漚水，半世升沈出岫雲。燕北閩南無限意，關河引領各思紛。

集選句題穎叔五友圖兼以誌別

驚風飄白日,離別在須臾。丈夫志四海,夭若春華敷。文章不經國,抱影守空廬。脫巾千里外,俯仰見榮枯。京華遊俠窟,朱輪竟長衢。達人知止足,君子慎厥初。廊廟非庸器,世俗多所拘。矯性失至理,處有能存無。願君崇令德,夢想騁良圖。眷我二三子,攜手共踟躕。寶劍非所惜,子與穎叔合影看劍圖。秋水落芙蕖。丹青著明誓,慙愧靡所如。

謁李忠定公祠(二首)

湖山湖水莽蒼開,眼界居然五曲隈。抗疏當年勞苦諫,謫官垂老賦歸來。事權成敗原關數,進退從容自有才。隱約松風堂畔路,靈旗惆悵獨徘徊。

朱家廟社一身肩,望斷梁州隔海天。猶憶蒙塵鋒鏑日,可憐割地議和年。中原父老心何熱,半壁江山勢已偏。笑我年來酹椒酒,予與西湖社諸友兩次致祭。桂齋空誦上梁篇。

將　進　酒

將進酒,莫蹉跎,來日苦短去日多,人生不醉可奈何。西山走豺虎,東海驅鯨黿。悠悠出門行遠道,蒼茫四顧驚風波。安得十斛葡萄飲,春水變盡傾叵羅。倚天看牛斗,斫地拔太阿,秦箏趙瑟皆慷慨,脫帽露頂生悲歌。伯倫太白久不作,糟邱誰與爭嵯峨。將進酒,望素娥,勸君更盡一杯酒,同洗胸中萬古之愁魔。

慷 慨 吟

蟪蛄無春秋，木槿無朝暮。盛衰各有時，流景不可駐。驅車出郭門，遙望纍纍墓。昔非華屋居，今乃山邱住。人生匪金石，安得長相固。令名貴足珍，處遇行吾素。勿以富棄貧，□□新聞故。俯仰懷今古，茜修以自務。

戒 溺 女 歌

君不見木蘭應募替爺征，明堂策勳榮都城。又不見緹縈上書救父死，肉刑感聞漢天子。自來巾幗具鬚眉，弄瓦弄璋無臧否。世人輕女相重男，男可耕兮女可飶。一捻桃紅與李白，視如草芥誰能甘。呱呱離牀蓐，旋遭茲慘毒。豈無毛裏恩，棄擲何急促。謂女不足承宗祧，蘋蘩沼沚陳風謠。謂女不足光門戶，乘龍跨鳳凌丰標。杜陵生女嘗云好，白傅有女娛到老。戴良五女布裳賢，好問三女明珠寶。可知耳耳不須歎，懸門設帨絲爲縈。在昔陳蕃著遺訓，無辜骨肉輕彫殘。他年嫁字雖辛苦，金幣布荆隨時取。若爲吉夢徵占熊，此術焉能續姙祖。吁嗟乎，虎狼不噬子，鷹鸇不滅雛。靦然七尺軀，無如鳥獸愚。願君勿學太公多費語，須看阿嬌金屋貯。欲求福，戒溺女。

懷 穎 叔

遠道思良友，燕雲隔萬重。音書愁久滯，夢寐喜相逢。宦況今何似，交情爾最濃。願言明歲者，握手話萍蹤。

送林幼樵_{翰年}姊壻往蘇二首

同是風塵閱苦辛，君先雲水作抽身。林園守拙原非計，筆墨勞生且煩貧。入世艱難青眼士，思家慰藉白頭人。遙思骨肉相依處，笑語天涯一樣親。

鷓鴣聲裏雨如絲，正值江南草長時。六代鶯花遊宴地，一篇蠶蟀送行詩。谿山絕好容疏放，秦劍休爲感別離。珍重眠餐須努力，千秋世業續弓箕。

送孫轂庭_{翼謀}北行二首

鷓鴣催散舊交稀，苦雨愁雲殢不飛。一種蓬心如亂葉，百回絮語上征衣。南鴻北燕天終隔，紅樹青山願與違。最恨年年惟送別，替人驛路數斜暉。

臨行索我贈行詩，結轖難舒薜苐思。世事艱深雞肋戀，科名辛苦馬蹄知。十年和淚今應慰，一放坡頭此未遲。前夕筆花先入夢，金蓮預兆送君期。

素 心 蘭 二 首

滿天風雪落煙濤，一曲湘江夢客吟。珍重交情君子淡，低徊香韻美人深。誰家簾幙描秋色，似水樓臺挹夕陰。振觸青蓮紉雜佩，澗邊采采結同心。

熱不因人冷獨禁，此中消息託瑤琴。江南有伴懷清友，硯北交香費苦吟。撲去俗塵三斗盡，添來氣味十分深。蘼蕪棠下羅生處，誰識孤根脈脈心。

鄒繡石 _{鴻磐} 以兰見贈並繫以詩久而未答微有憾意因作此復之（二首）

辜負蘭盟證素心，使君疑我墨如金。近來詩思多艱澀，句著維摩懶寄吟。

盥讀瓊瑤意味親，高情如寄楚江濱。深慚不及離騷士，空把幽香對美人。

振觸當年共採芙，秋風多少怨榮枯。何時肯許級爲佩，薜芷江蘺一例圖。

枯腸搜索苦抽絲，放筆塗鴉奉小詩。但願與君同入室，可無臭味話差池。

懷人七首 _{這七首詩分別寫劉魯汀明府、周少紱茂才、陳翊萱孝廉、陳幼農駕部、林穎叔水部、孫毅庭孝廉、孫夢九明經。}

明府經生者，官聲山右傅。循良勤報最，典則舊精研。落日桑乾道，秋風桂窟天。_{時天魯汀攝撰懷仁。}勿忘執牛耳，有約待歸田。

盥笳誤蹉跎，_{時少紱在沙黲。}悠悠且放歌。音書長不達，況味近如何？消盡胸中芥，翻來舌底波。_{少紱善詼諧。}知君無事事，客裏等閒過。

把袂有難弟，秋江休自愁。花前一尊酒，天際望歸舟。相見轉無語，勞生何所求。功名真畫餅，得失任沉浮。<small>時翊萱試禮部報罷南歸。</small>

君以清才勝，居然古小蘇。平生詩酒意，珍重恣歡娛。天馬飛騰遠，神龍變化殊。文章與經濟，行道在吾徒。

故人林水部，一別隔長安。爲政風流想，何時握手歡。論交如爾我，閱世共艱難。抱此區區意，松筠話歲寒。

吾愛孫夫子，飄然思出群。感春拓明鏡，託迹伴秋雲。<small>時穀庭報罷，就館沈幼丹太史家。</small>落筆此懷抱，觥觥皆典墳。終期蓬苑客，獨步掞鴻文。

夢九將門后，循儒獨好文。才華新得意，風義並超羣。與子交數載，多情感十分。鷺江閒引領，隱隱隔愁雲。

挽宮傅林文忠公(二首)

斗南一夜大星沈，<small>公臨終號星斗南者三。</small>黯黯愁雲鎖海陰。天不留公原定數，死雖得地未甘心。鼠狐猖獗魂猶激，猿鶴倉皇憾獨深。王事劬勞臣職苦，此生還想壯生擒。<small>公以出征粵西終於普甯縣。</small>

武鄉籌筆峴山碑，多少棠陰赤子思。趨避真無關禍福，死生終爲荷艱危。<small>公有句云：“苟利國家生死以，豈因禍福避趨之。”</small>千秋事業馮公論，一代才名結主知。諡法歐蘇成鼎立，閩南豈獨冠清時。

北 征 怨

古月同今月，年年照北征。朔風沙磧險，衰草雪山平。多少行人淚，蒼涼苦戰聲。橫腰三尺劍，邊馬作哀鳴。

讀 史 感 賦

事患防未然，功名苦不早。俯仰成古今，忽忽令人老。失既不足憂，得亦安可保。萬化互長消，勞人空草草。君不見東陵瓜、南山豆，種豆不如種瓜好。

偶筆誡墫彝瓚三兒成十六韻

讀書志聖賢，綱常事爲大。葛藟庇本根，枝葉毋相害。由來好弟兄，和順在少艾。少則相優悠，長而相依賴。形影兩追隨，束縛如襟帶。何分界與疆，何判溝與澮。口角起齟齬，爭攘同市儈。鶺鴒歌在原，此理鳥能外？汝曹佩我言，家庭生瑞靄。不然手足乖，否剝難復泰。匪云重友生，翊翊交傾蓋。天倫有真歡，意味超塵磕。獨行嗟踽涼，壎篪不成籟。汝今成雁行，荊樹花醃餲。善始思善終，處心戒狡猾。小子學夫詩，採風羞自鄶。

有 感

放眼乾坤渺一毛，轆轤身世歎勞勞。聞雞每感劉琨舞，相馬終期伯樂遭。人事升沈留雪爪，年華歷碌逐風縑。許多剩有孫山淚，減盡平生膽氣豪。

奉楊雪椒_{慶琛}光禄（五首）

逍遥平地老神仙，出入樞垣廿四年。清到臣心貞似水，冷看宦迹
竟如煙。西曹梅著都官望，_{公由刑部出膺外任。}南國棠思召伯賢，_{公任}
_{蕪湖道。}更有口碑墓不盡，畫圖身在岱云邊。_{公繪有《岱頂拜雲圖》。}

無限江湖魏闕心，蓬山夢戀主恩深。税關一笑甘成累，_{公任蕪湖，}
_{以關権倍累。}瑣院重臨喜著吟。_{公兩任監臨。}軒冕已辭娛白石，兒孫都
好戒黃金。可知去住忘拘束，名士頭銜稱杜林。

千枝絳雪燦江花，_{公詩集名。}到處籠中護碧紗。天地長留詩卷
在，雲山多屬主人家。_{公好山水遊。}元龍意氣高湖海，司馬才名豔齒
牙。慧業果然心是佛，_{先大夫嘗贈句云：「官是秋曹心是佛。」}真經早已悟
南華。

趨謁門庭恨太遲，當年父執重襟期。即今得逐瞻荆願，此後難忘
御李思。愴悃遺編蒙定稿，殷勤古誼感箴辭。不堪聽到南橋事，振觸
鬢齡暴露時。_{公與先大夫同鄉舉，茲以先大夫詩稿請序，談及往事，不勝惘然。}

坎壈餘生愧不才，風塵骯髒等蒿萊。何期北海趨承後，_{謂林少穆}
_{年伯。}又爲南豐敬慕來。凡鳥敢誇邀止附，散材還願許栽培。他時儻
有遊山興，杖履能容小子陪。

贈 鄒 繡 石

文章有神交有道，古人一諾千金寶。翻手爲雲覆手雨，靡初鮮終

安可保。與君訂交逾廿年，白飯青芻非不早。知我性者惟子情，到處逢人説傾倒。學書學劍百無成，我已盛名辱泥潦。當世豈無鸞鶴姿，何必戀戀此枯槁。可知膠漆貴相固，報李投桃期永好。憶昔西窗同學時，魯魚亥豕窮搜討。少年意氣凌青雲，一日不見心如擣。君隨別我往漳州，惠我香雲贈我縞。尺書未得便生嗔，既得尺書忘懊惱。簷前乾鵲鳴楂楂，報道行人歸海島。開門相見恨何遲，蓬蓽今朝爲君掃。君言我欲望龍門，龍門之高京蒼昊。襴衫席帽愁殺人，可憐同怨秋江顥。無何風樹摧靈椿，君作孤兒天驟老。以君較我勝一籌，我在髫齡喪厥考。君今棣萼爭輝光，況復北堂榮萱草。報答春暉正有期，陔華比潔齊蘊藻。天倫之樂樂陶然，此境無殊登熙皞。從來養福在養身，葆其真者乃自葆。乾坤立腳慎自持，樂卻之門降興皁。何如破浪乘長風，趁此黑頭猶未皓。酒闌插劍肝膽露，與子相期同浩浩。

送幼農入都供職兼赴春官試

去年迎君歸，馬蹄霜初起。今年送君行，又是風雪裏。南鴻北燕伯勞飛，跳盪雙丸一彈指。昨日聞君將戎裝，憂心悒悒九回腸。明知中年易離別，故人毋乃成參商。君言出門不得已，我道君行應如是。妻孥結伴看青山，一劍一琴到燕市。燕市盛如雲，冠蓋爭出羣。君爲行空馬，一顧絕塵氛。軟紅十丈昔游地，再上春明又得意。以君位置詞垣間，射策金門亦餘事。神龍變化會有期，鴻毛遇合隨所宜。即今領得頭銜貴，出山泉性君豈歧。平生意氣矜卓犖，兩我論交相總角。我猶侷促轅下駒，君已人中金鸞鷟。五陵裘馬盡翩翩，悵悵當年半同學。孫學正穀庭，林水曹穎叔。關河望我辭蓬蒿，感其氣誼如醇醪，誰知依舊餘青袍。君茲離鄉土，才大心愈苦，願保千金軀，努力勤報補。明年儻遂長安遊，平原十日傾糟邱。安得與君能相逐，雲龍上下亦何求。十里洪塘山，五里螺江水。君請行矣勿踟躕，思君之日從今始。

醉司命歌

　　鼂神爾何不上訴，青蒼穹爲此碌砢。磊落之士爭豪雄，年年送神騎馬去。潦倒生涯依舊處，狂奴故態今消磨，也信文章本無據。爇我旃檀香，酹我椒花醑。問神何所言，問神何所語。滿天星斗云漫漫，笑我黃羊非肥羜。命兮命兮仗神司，窮通得失吾早知。

壽楊雪椒_{光祿}七十（八首）

　　龍馬精神海鶴姿，主持風雅拜名師。潞韓壽骨榮簪笏，李杜詩身擁皷旗。嶽嶽才華驚鳳藻，錚錚慧業譽雞碑。操觚豔數文人福，陸地行仙杖履宜。

　　綺歲馳名蕊榜中，椿庭氣誼任黎通。即今追話瑤宮月，猶見長留魯殿風。宦況升沈堅立腳，君恩高厚早盟衷。遂初未老蓬山夢，乞得湖陰樂賀公。

　　皖城湘郡並齊州，白叟黃童踵麥邱。多少黍棠思惠澤，鈎連湖海譜歌謳。量才曾握經帷尺，拔地頻登試院樓。解識此身饒健在，碧霞峰頂舊鴻騶。

　　拜就仙台奉佛經，淮南雞犬亦通靈。在山膚寸含神霧，當世頭銜仰德星。半夜辭金原守黑，一生愛士慣垂青。行人盛說栽培意，管領春風記玉屏。公曾主席玉屏。

　　南金東箭荷陶甄，桃李公門有替人。時主試黃黻卿太史爲公門下士。

拔峻都如珠在握，憐才更勝酒之醇。坦平心事無波水，浩蕩胸懷不老春。傾斗高談驚四座，吞顔笑鄭一時親。

六時風月聳吟肩，聽水看雲月在天。靈運谿山千里欐，襄陽書畫一家船。輕身已脫朝衫累，毛齒初登野服年。何必長齋論繡佛，欲從蘇晉學參禪。用公詩集語。

齋開會食寢思香，娛老年華卻老方。繞膝兒孫王逸少，隨肩姬妾郭汾陽。花圍金屋春爭豔，梅壓山房雪正芳。每向鯉庭深處聽，讀書聲裏響琅琅。公自課讀子弟。

願從花國祝扶藜，老帶莊巾壽與齊。菊酎已踰重九晉，椿秋更向八千題。腰間銀管容吹笛，頂上青雲總隔梯。何日借來滄海筆，一聲長嘯萬峰西。時榜後遊鼓岫，見公白雲滄海石刻。

秋柳（四首）

白門夕照晚歸鴉，黃葉江南何處家。都是詩情描不盡，十分秋意影橫斜。

雙柑斗酒憶春風，一曲鸝歌唱惱公。忽報昨宵涼信起，蘆花白盡蓼花紅。

紛紛瘦蝶又寒螿，畫意蕭疏灞岸霜。不祗玉關羌笛怨，行人多少恨垂楊。

萬家碪杵擣秋聲，長短隍陰月倍明。燕子已歸新雁到，西風管盡別離情。

懷 穎 叔

天下竟如此，思君將奈何。故園窮望眼，賤子發悲歌。勳業空看鏡，英雄孰枕戈。可憐殘劫火，與爾隔關河。

送孫穀庭太史入都

秋風蕭蕭蛩唧唧，披衣中夜長太息。故人聚首未盡歡，又向天涯送行色。干戈徧地愁煞人，四處關津多梗塞。出門仗劍氣不平，繫楫渡江情何極。君今已登白玉堂，珥筆承明近君側。不徒能讀東觀書，當思先破中原賊。帑金竭蹶士卒疲，執鈹登臺皆肉食。攘臂瀾吹南郭竽，徵辟銓除各失職。窮年呫嗶嗟胡爲，奔競功名相取弋。書生裹足守蓬蒿，漸恐流光歲華逼。仰視鴻蒙欲聳身，庸才苦乏縛雞力。海內論交有幾人，千里萬里作相憶。知君意氣真吾徒，滿眼時復傷荊棘。此情寄語陳與林，安得太平爲粉飾。

寒夜懷都中諸同人有感而作（四首）

九轉愁腸一寸心，那堪霜雪鬢毛侵。寒宵無夢空支枕，濁世何人解聽琴。兩地相思惟月好，頻年作計替花吟。蛩聲底事同鳴咽，也向牀頭訴不禁。

如此烽煙不靖何，私鑴小印當悲歌。莫填邱海千秋恨，欲占漁樵半席予。新鑴"登高邱望遠海""分漁樵半席"二印。傲骨向人還怕俗，平情論事早除苛。年來漸覺英雄老，欹盡鋒铓看太阿。

半生得失感雞蟲，磨蝎無由懺命宮。敢作灌夫狂罵座，何曾殷浩咄書空。浮名逐逐都成劫，浪跡勞勞悔轉蓬。安得桃源容避世，一帆再許武陵通。

夢入金鼇玉蝀邊，諸公袞袞隔雲天。故山猿鶴疏相問，往事鶯花劇可憐。得酒且傾消塊壘，逢場自笑戲鞦韆。詩筒欲覓長程寄，側想鐙鐃又黯然。

輓幼農即次其贈別原韻(四首)

再結來生未了緣，茫茫泉路爲君憐。舊時笑語渾如夢，暫別雲山有幾年。痼疾難除成束手，遊蹤不少憶隨肩。黃壚風雨淒涼甚，一度相思一黯然。

中山尚博醉松醪，未死訛傳感讀騷。成佛成仙多變幻，論文論酒本雄豪。生前骨相知非壽，劫裏光陰豈故逃。太息烽煙南北界，驚人羣盜集如毛。

往歲貽書展數行，灰心話我冷如霜。誰知筆墨供談笑，竟却妻孥謝擔當。辛苦頻年嘗宦況，針砭百計試醫方。蓬萊莫覓金丹換，空感人間海上桑。

果然聚散等摶沙，用其元句。身世瞿曇一現花。武庫才名諸老愛，令原涕淚阿兄嗟。關河白雁哀聲壯，湖海元龍俠氣奢。斗酒隻雞吾與汝，他年過墓忍回車。

266

乙卯新春三日送林鶴修甥赴清源閱試卷(二首)

初從沙口盼歸期,又向清源送別詩。遊子往還原是客,春風團聚未多時。綠楊陌上垂垂長,紅豆燈前脈脈思。且把屠蘇一尊酒,與君珍重話臨歧。

莫云地僻乏英才,多少英雄伏櫪哀。椽燭雙枝官署靜,水晶一鏡曉天開。休教此目爲魚混,須記前身相馬來。勉副故人韓吏部,謂韓淥琴司馬。深情遠道作書催。

題楊雪滄浚繫楫圖

我聞金陵山,未到金陵路,過江風景今已非,莽莽煙波蛟蜃怒。沙飛石走風濤生,魚龍變幻難爲情。此時若無中流砥柱之妙手,安能挽得狂瀾起伏相匌匒。狂瀾洶湧不可測,側席樓臺黯無色。豈知健戶尚有君,窄劍短衣甘殺賊。扁舟直駕滄溟東,雲煙盪激凌蒼穹。中有淋漓磈砢鬱奇氣,無如萬象陡立哀沙蟲。軍聲十萬潮聲起,都忘身在畫圖裏。書生老死嗟胡爲,骨相封侯應如此。愧我王郎歌,斫地奈愁何。聞雞起舞吾與汝,空把雄劍三摩挲。

榜後雨中悶坐遣懷(四首)

蜀道青天底事難,蕭騷風露夜漫漫。敢言幼婦懷黃絹,每爲宮姬託素紈。蠟炬有心還帶淚,嫁衣無力半添寒。玉溪錦瑟華年感,減却腰圍幾度寬。

267

黃花對影瘦如秋，白髮星星鬢漸稠。入世無緣逢瞎馬，傲人隨意狎閒鷗。前因了徹三生石，壯氣縱橫百尺樓。畢竟此心終未死，何年放出老坡頭。

苦徵甘商百種嘗，雨雲世態判炎涼。驊騮大道看人去，牛馬風塵耐我忙。煮字也知貧莫療，謀生終悔道空藏。虎皮想擁王通座，莫笑書生一味狂。

狂奴故態盡消磨，回首光陰已擲梭。百不如人灰壯志，一無所事發悲歌。感懷無那題紅葉，送別何來賦綠波。_{時諸友又將北行。}錯怪石尤風阻隔，雨中偏唱我哥哥。

湘南吟草

福州薩龍田　燕南　著

族孫嘉曦　校刊

湘 南 吟 草

陳寶琛題檢

湘水唫香圖　道光丁酉春　楊慶琛拜題

詩派胚胎薩照磨，旗亭風雪唱黃河。一帆偶指瀟湘路，醉折芳馨感慨多。美人香草入吟毫，呵壁何須續楚騷。彈遍冰弦二十五，洞庭秋色月輪高。

奉題燕南十四兄大人玉照　愚弟陳篆拜草

湘花湘草滿汀洲，鴉背斜陽送客舟。獨立清風蘭雪裏，蒼茫身世付浮鷗。岱雲燕月舊吟豪，折得芳馨續楚騷。放眼從茲懷抱壯，添將江漢作詩濤。

燕南岳舅大人誨正　甥婿彭翊拜題

題　　詞

奉題燕南十四兄大箸即正 愚弟林丞英

一代宗風薩雁門，奚囊今又付雲孫。新詩句句如冰雪，客裏歡然倒酒尊。

　　湘中能似故鄉無，抹月批風仗慧珠。若到蓬瀛揮彩筆，也應回憶洞庭湖。

古今体诗三十首

送馮認菴_{燕譽}同年之任四川

此別忽萬里,臨歧倍黯然。幸逢今夜月,猶是故鄉天。不愧南宮選,能爲西蜀賢。君恩基百里,珍重此華年。_{時余往就蕪湖觀察,楊雪椒先生之聘同行至建寧分路。}

和　　詩

馮　燕　譽

共作宦遊客,臨歧倍惘然。舟聯新舊雨,_{同行少農兄,余新訂交。}人對別離天。紀驛三千里,題詩四十賢。風帆何日卸,楚尾正迎年。

舟抵浦城寄懷梅序五弟

梅花香裏雪漫天,底事匆匆又著鞭①。雲水已過千里外,琴樽猶憶十年前。半生兄弟他山石,晚歲功名上水船。寄語兒曹須努力,起家原仗後人賢。

【箋注】

① 著鞭,薛稷詩:"走馬爭先眼著鞭。"

寄　懷　周　東　旸

饑驅誰不慣離羣,回首何堪望白雲。節有澗疎能恕我,義深推

273

解①敢忘君。三千里外竿聊廁，四十年來硯欲焚。此去江南春正好，杏花香雨幾時聞。

【箋注】

① 推解，《史記》：漢王"解衣衣我，推食食我"。

題　畫

野夫家在板橋西，幾處閑遊日又低。欲訪伊人秋水外，杖藜扶我過前谿。

由蕪湖之楚舟中漫興呈雪椒先生（四首）

幾家刀尺送輕寒，磨蝎身宮①坐未安。秋水一天催客夢，梅花數點憶征鞍。敢將詩筆愁中老，且喜江山眼底寬。似把瀟湘好煙景，他年收入畫圖看。

鳩江風景亦開顏，吳楚青蒼一水間。歌詠欲追牛渚月，文章飛過馬當山。何堪客裏重爲客，且恐閒中未即閒。看劍終須作壯語，蓬萊未必到來難。

轉藉饑驅作壯遊，東南千里一帆收。愛聽嘹唳黃洲笛，來泛蒼茫赤壁舟。彭蠡晴光鴉背影，洞庭夜色雁邊秋。滔滔江漢緣何事，總爲朝宗不肯休。

伏枥難追冀北羣，燕臺兩度望塵氛。片帆買盡錢塘月，甲午客杭州。匹馬盤低泰嶽雲。癸巳寓泰安。是席尚分清白俸，斯行足補舊新聞。他年香草添吟興，蘭芷曾熏一室芬。

【箋注】

　①磨蠍身宮，《東坡志林》有雲韓退之詩："我生之辰，月宿南中。"乃知溫乏以磨蠍爲身官，僕以磨蠍爲命宮，平生多得謗譽冶同病也。案韓詩題爲《三星行》，原注三星謂斗牛、箕又摩羯，乃天文家所分十二官之一，即星紀之次於十二辰，值丑，當陽曆十二月二十二日，於時爲冬至，太陽行至此宮。

月 夜 憶 家

　湘簾銀燭碧天寬，底事高歌尚倚欄。花下吟肩同病鶴，閨中春夢想徵蘭。青鸞人逝真無賴，碧玉家成笑苟完。繡襖含香剛夏五，紅箋早晚報平安。

馆 中 即 景

　紙屋閑門鎮日扃，苔痕草色入簾青。碧梧秋水城南寺，紅葉斜陽岳麓亭。城南、岳麓皆湘省兩書院名，岳麓上有愛晚亭，時雪椒先生命閱課卷，故兼及之。墻短偏宜松隔院，堂空還月盈庭。吾家半野饒真趣，燈火喃喃課誦經。半野軒，吾家齋名。憶昔年與姪兒輩籥燈課讀，團坐喃喃，此境誠不能多得也。

題黃達夫三兄鏡湖鈎月小照即以贈行(四首)

　叢蘆影裏晚蒼蒼，白鷺洲邊碧水長。好趁一簾初月上，持竿人在小滄浪。

臨流白石即匡牀,紅藕花兼碧荔香。釣得鱸魚長一尺,玉壺銀燭話秋光。

桃花千里影澄潭,此景分明可静參。知否故園今夜月,有人相對望江南。

牛渚磯連燕子磯,今年秋水鱖魚肥。此行莫便輕行李,十萬青山滿載歸。

得家書知小妾舉一女

鶯牋緘札麥秋時,瓊樹新分玉一枝。未必教星能代月,且將生女比添兒。練裳遣嫁隨吾分,柳絮聯吟望汝奇。學語他年知傍母,我歸應問客爲誰。

九日與諸同鄉飲於陳雙浦世講家(二首)

老饕賦性益輕狂,到處逢人索酒嘗。萬里湖山新舊雨,一堂桑梓兄弟行。洞庭秋色黄柑老,鄂渚腥風紫蟹香。醉把茱萸懷往事,依然脱略少年場。

高談雄辯話心知,酒到酣時句亦奇。不負雲山重九節,最難風雨滿城時。美人香草懷騷雅,鱸膾江東動客思。座中黄達夫三兄即於次日東歸。莫作臨歧淪落感,明年此會有新詩。

聞雨山房感舊雜詠(八首)

予於丙戌年就舍弟梅序,館於聞雨山房。迨辛卯後,東奔西走,而故園花月如在目前,因成七絶八首。句雖不佳,聊以誌生平之不忘也可。

十年心事一燈前,五載曾親翰墨緣。不到三千餘里別,春風秋月亦徒然。

半畝閒庭穀雨初,竹光花氣入簾疎。牙籤千軸燈三尺,明月窺人伴讀書。

碧紗窗上影迷離,列坐喃喃課讀時。更有縮頭懶桃李,初更便苦夜眠遲。

紫籐花下小簾櫳,樓閣西邊曲沼東。日午北窗高卧起,一棚新綠玉屏風。

涼風蕭瑟入虛堂,桂子秋中菊又黄。寂寂山房聞雨夜,與君消受滿庭香。

重陽風雨鬭名花,真個東籬處士家。紫蟹黄柑供一飽,蕭齋牆壁盡奢華。癸巳秋日,與東暘三弟買菊數十株,分插齋中各處,即門壁亦各簪以花。

南北窗分上下牀,青燈半壁借餘光。茶煙輕颺三更月,竹外開簾滿地霜。辛卯與學尹先生同館,煮茗共話,常至夜分不倦。

雲山怕聽子規聲，話到家鄉倍有情。寄語成童諸姪輩，至今臣叔尚癡生。

録戊寅年自題芳草玉樓圖小照

爾面祇如碟子大，爾身空復長七尺。爾舌縱有三寸長，爾腹終無萬卷積。耳目鼻口亦猶人，忍使區區爲形役。學書學劍百無成，於國於家竟何益。靦然人面羞復羞，天賦爾形天亦惜。爾宜伏處占巖阿，僻壞荒陬深歛跡。如何化日與光天，爾竟行樂思自適。酒家笑指杏花紅，寶馬踏過芳草碧。美人搴箔遠相招，村僕從容執鞭策。有詩亦能成一篇，有酒亦能飲一石。盤遊不負花月緣，嘯歌不改煙霞癖。忽爲拘謹過晦翁，忽作猖狂嗤阮籍。白頭將至不知愁，十萬黃金拼一擲。堂前老母七十餘，食無異糧衣無帛。硯田不是百畝租，室人交遍來相謫。丈夫志氣本凌雲，萬里扶搖供奮翮。棄觚投筆古英雄，壯心詎爲饑寒迫。後彫始識棟樑材，三刖終作連城璧。茫茫世宙天地寬，何必一時驚落魄。青春及早恣遨遊，人壽由來不滿百。

此余少年時磊落不羈之慨猶躍然楮墨間者，使今日爲之，尚不能如是。甚矣，人生志氣殆將與血氣而俱衰也。

秋　　思

鷦鴟聲外雨絲絲，出甚無聊坐益疲。琴劍已非前日伴，風花又見早秋時。樓頭明月天邊雁，客路斜陽馬上詩。詎少蒪鱸張翰思，利名難免一生癡。

題平山古梅圖

蕪湖平山古梅，相傳爲南唐時物，於荒村野徑之中聳然特植，古榦離
奇。丙申燈節後，雪樵先生邀予及諸友往觀，歸而山陰朱石楳爲諸友各圖
一副，此爲蓉友三少君作也。

我愛荒山野老家，最幽深處最高華。相傳東閣千年勝，留此南唐
一樹花。驢背穩隨春淡蕩，鶴聲清到月橫斜。山陰道士癡情甚，直把
虯枝上畫必。

有　　感

齋中隙地有半畝，陳篠洲手植菊花數種。今則花盛開，而篠洲已回家
數月矣。因作此以誌感云。

名花莫向客中栽，客去花偏特地開。明月好教千里共，重陽且送
一秋來。羨君晚節饒真品，笑爾東風有別才。何處玉人何處酒，窗前
鎮日幾徘徊。

鄧綺屏大兄由浦入都

已作三年別，怎無一夕緣。我方歸北馬，君又上南船。春草江郎
筆，秋風祖逖鞭。儒官如可卜，五載問征軺。

279

跋

　　黄巷舊居齋名"聞雨山房"，曾王父梅序公以下皆讀書其閒。其曾與講授之列者，均相繼發科。然亦先世擇師之精，故成就者廣。嘉曦逮事曾王父，髫齡受讀《詩》《尚》，及見其盛。後聞先大夫每述前此某師之學問富贍，某師之立品端正。惜嘉曦年幼未知，筆錄今則零星，不復省憶矣。比奉諱家居，搜刊先集於從祖子轂公遺篋中，得從曾祖燕南公《湘南吟草》一卷，詳爲檢校，知公於道光間曾館於聞雨山房者五載，先伯祖暨先大夫均受業門下。集中有《聞雨山房感舊雜詠》句云："寂寂山房聞夜雨，與君消受滿庭香。"跋語則云"以誌生平不忘"。其時公以兄弟而作賓師，與梅序公至相得，雖暌隔數十年，一展卷間如聞謦欬，又《舟抵浦城寄懷梅序公》句云："半生兄弟他山石，晚歲功名水上船，寄語兒曹須努力，起家原仗後人賢。"則公之期望於先大夫者甚殷。幸而先伯父、先大夫皆不負所學，而嘉曦又忝讀父書。愴悢遺編，不禁潸然涕下，亟爲校字發刊，俾與《白華》《荔影》《珠光》諸集並傳於世。豈惟紹述先德，抑亦追報師門也，考公爲楊雪椒先生所推重，先生官蕪湖時，公即應其聘，後又同往湖南，遨遊於洞庭、衡嶽之間，故名其集曰《湘南吟草》。僅寥寥數十首，外此之散失，不知凡幾，然並其集名亦不得而知也。鋟梓即成，因識數言，以諗來者。

　　　　宣統二年歲次庚戌八月既望族孫嘉曦謹識

281

圖書在版編目(CIP)數據

薩玉衡文學家族詩集 / 多洛肯等點校. —上海：上
海古籍出版社,2018.12
（清代少數民族文學家族詩集叢刊）
ISBN 978-7-5325-9039-1

Ⅰ.①薩… Ⅱ.①多… Ⅲ.①古典詩歌－詩集－中國
－清代 Ⅳ.①I222.749

中國版本圖書館 CIP 數據核字(2018)第 263167 號

清代少數民族文學家族詩集叢刊第二輯

薩玉衡文學家族詩集

多洛肯 李靜妍 買麗娜 點校
上海古籍出版社出版發行
（上海瑞金二路 272 號 郵政編碼 200020）
(1) 網址：www.guji.com.cn
(2) E-mail：guji1@guji.com.cn
(3) 易文網網址：www.ewen.co
上海惠敦印務科技有限公司印刷
開本 890×1240 1/32 印張 10.25 插頁 2 字數 254,000
2018 年 12 月第 1 版 2018 年 12 月第 1 次印刷
ISBN 978-7-5325-9039-1
Ⅰ·3338 定價：48.00 元
如有質量問題,請與承印公司聯繫